あたらしい家族

佐川光晴

集英社文庫

目次

あたらしい家族

プロローグ

新都心にそびえ立つ高層ビル群からさほど離れていない西武新宿線中井駅のホームに、背の高いやせた男が降り立った。平日の昼まえで、乗り降りする客はまばらだった。五月なかばの天気のいい日だというのに、男は黒い革ジャンパーをはおっている。包帯が巻かれた右腕を三角巾で吊《つ》っていて、ゆっくりと歩き、ホームの端にある改札口のまえで立ち止まった。

左手にはボストンバッグを持っているので、そのままではキップが取り出せない。カバンを置き、左手でジーンズのポケットを探る手つきはぎこちなく、ようやくつかみ出したかと思うと、指のあいだからキップが落ちてしまう。よほど腹立たしかったようで、吊りあがった大きな目玉で地面をにらみつける形相には場ちがいな迫力があった。

改札口のむこう側にある売店の女性店員は、いったいなにごとがおこるのかと、三十歳くらいに見える男のしぐさを見つめていた。朝刊各紙の一面を独占した、オウム真理教教祖麻原彰晃逮捕のニュースで、彼女の頭はいっぱいだった。教祖奪還のためにテロが決行されるのではないかと、都内各所には厳戒態勢が布《し》かれていた。

「後藤《ごとう》さん、後藤善男《よしお》さん」と呼ぶ声がして、男はゆっくりと顔をあげた。

男の視線の先には杖《つえ》をついた小柄な老婆が立っている。男の表情がゆるみ、一帯を支配していた緊迫感も消え、店員は思わず安堵《あんど》のため息をついた。

キップを拾った男は改札口を抜けて老婆のまえに立ち、「遅いぜ、婆さん」と言って笑顔をむけた。そして、彼女が指差すほうに並んで歩いていった。

子どものしあわせ

ぼくは将来医者になることを志望しているが、残念なことに浪人中だ。ただし、成績はすこぶる良い。今回だって、センター試験の点数は十分だったのに、二次試験の当日に三十八度をこえる高熱を発したために、受験した北大の医学部に落ちてしまったのだ。ところが、オヤジはひとり息子の不幸をかえってよろこんでいて、浪人させてやるから東京で勉強をしてこいと命令した。体調管理に失敗したのは事実なので文句も言えず、ぼくは生まれ育った札幌を離れて、オヤジが決めた下宿がある新宿区上落合《かみおちあい》で暮らすことになったのだ。

それにしてもここの婆《ばば》ぁどもは、老人グループホーム八方園《はっぽうえん》の婆ぁどもは、医者を志す若者であるぼくになどハナも引っかけない。それはいとこの善男さんだって同じだ。いとこどうしとはいえ、むこうが現在三十六歳のバツイチ男であるのに対して、こっちが「まだ毛も生えそろわないガキ」（これは善男さんがぼくをバカにするときにつかう言いまわしで、このことばを聞くと婆ぁどもは大笑いだ）であればしかたがないのかもしれないが、東京に出てきてもう三カ月になるというのに、誰もぼくを一人前にあつかおうとはしない。

もっとも、ぼくがただの下宿人兼ボランティアでしかないのに、善男さんは介護福祉士の資格を持っている。それに八方園の責任者でもある。実際、彼の腕はたしかなものらしい。

「なにがすごいといって、ここにいるお婆さんたちがボケの兆しをまるで見せていないことですよ」

と、健康診断に訪れた区の職員に言われたことがある。

善男さんのほうではべつに難しいことをやっているつもりはないようだけれど、朝晩の天気予報にだけは気をつけていた。

「アキラ、低気圧がきてんだろ。これで光子《みつこ》と幸枝《ゆきえ》の高血圧コンビは眠れないから、頭が痛い、きっとくも膜下出血の兆候だわ、救急車を呼んでちょうだい、あたしはもうダメよって、ひとさわぎだぞ。まったくヤツら、頭痛は気圧の変化のせいだっていくら説明してやったって絶対にわかんねぇんだから。それで夜中におきだしてきちゃあ、嫁のグチのオンパレードだからな。部屋の掃除をするときにはすぐへバるくせしやがって、こういうときだきゃあ無敵だろ。強ぇから、あいつらは。だから、今夜は勉強しねぇで早めに寝とけ、へたにおきてっと徹夜になっちまうから。初めはオレが相手してっけど、あとで代われよな」

といった具合で、またその予想がピタリと当たるのだ。

ただし、眠れと言われたって、そう簡単に眠れはしない。結果として、善男さんが夜中の一時に部屋にやってきたとき、ぼくはまだ机にむかっていた。外では風が強くなって、窓ガラスがガタガタ鳴っている。

「バカだな、おまえは。寝られなけりゃ、オレみたいにウィスキーでもあおっちまえばいいんだよ。まあいいや、とにかく交代だ。悪いが予想は外れて薫子《かおるこ》までおきてっからな、まったく婆ぁどもが！」

はき捨てるように言うと、善男さんは学生時代から使っているジッポーのライターでタバコに火をつけた。そして一服した煙をはいて、ぼくの部屋から出ていった。彼の部屋だけは一階にあって、仕事の性質上、鍵はかかっていない。ただし、休んでいるときに行くとひどく機嫌を悪くするので近寄れない。

ぼくの頭はまだ冴《さ》えているが、そんなことはこの場合なんの役にも立ちはしない。ドアのすきまから、善男さんが残していったタバコの煙がウィスキーのにおいとともにはいってくる……本を閉じ、電気を消して部屋を出る……廊下を歩き、階段をおりる。とにかくつきあうしかない……老婆たちが待っている。

居間の入口にかかった暖簾《のれん》をくぐると、ぼくはテーブルにむかい、イスにすわる。せっかく鳴っていたラジオを、光子が消してしまう。つけておけばいいのに。そうすればおたがい口をきかずにすむのだから……善男さんとちがって、ぼくは彼女たちとうまく話すことができない……三人ともがこっちをじっと見ている。もう三カ月近く一緒にいるのに、どの顔にもまるで親しみを感じることができない。それはむこうでも同じなのだろう。善男さんがいれば、なにもかもをまぜっ返して笑わせてくれるのだけれど、ぼくひとりではなにもできない。

「こんばんは」とあいさつをする。「こんばんは」とあいさつが返ってくる。ぼくは天気の話をする。これも善男さんの受け売りだ。老婆たちは頭が痛いと訴える。こんなに痛むのは初めてで、お願いだから救急車を呼んでくれとまで言ってくる。たしかに三人ともまいっているようだけれど、とても救急車の必要があるとは思えない。もっとも、いくら説明したからといって聞き入れてくれるはずもない。しかたがないので、順番に血圧を計ることにする。そう聞くと、彼女たちはそれまでの憂鬱がウソのような元気さでぼくのまえに並ぶ。ただし、こんどはぼくのほうが憂鬱になる番だ。

いったいそれをなんと形容したらよいのかわからないシワだらけの腕が、ぼくにむかってさし出される……二の腕にベルトを巻き、マジックテープを留め、ポンプで空気を送りこむ。シワだらけの腕が、ふくらんだベルトに圧迫されて紫がかってゆくのを見ると、自分が拷問《ごうもん》でもしているような気がして、手がふるえてしまう。１０５と１８０……すがるような目がぼくに送られる。しかし、そんな目にはもうなれてしまった。

もっとも、目にはなれたが腕にはなれない。ひとりが立ちあがり、またべつの腕がさし出され、ぼくはドキリとする。同じくシワだらけではあるけれど、まえの腕とは色といい、太さといい、たるみ方といい、握ったときの感触といい、すべてがちがっている。ベルトを巻き、マジックテープを留め、ポンプを押す。腕の色がまた変わってゆく……デジタルの表示板に目を移すとほっとする。１０３と１８２……。三本目の腕があらわれる！

〈儀式〉をすませて安心したのか、老婆たちはテーブルにもどっておしゃべりをはじめた。すると、こんどはのどが渇いたと言い、血圧を計ってくれたことへのお礼にと、光子が立ってお茶をいれてくれる。

自分たちには、それぞれ自分用のマグカップで、ぼくのまえには、寿司屋で出てくるような大きな湯呑《ゆの》みが置かれる。なかには底が見えないほど濃い煎茶がいっぱいにはいっている。

「やっぱり夜はこのくらいのじゃないとね。飲んでごらんなさい、頭がすっきりしますよ」

光子はそう言ってうまそうに茶をすする。シワだらけののどがゴクンと動く。こんなのを飲んだんじゃあ、今夜はもう眠れるわけがない。

あきらめてぼくも口をつける。五分もすると老婆たちは順番にトイレに立つ。ころばれてはたまらないので、うしろからついていく。おしっこの音がドアの外まで聞こえてくる。最後にはいった薫子が、音がしなくなっても出てくる気配がないので、ノックをして声をかける。

「ごめんなさい、ちょっと立てなくて」なかから小さな声が聞こえてくる。手すりを握って立ちあがるように言っても、返事はない。もうやる気を失っているのだろう。しかたがないので、「はいりますよ」と言ってからドアを開ける。ウォシュレットつきの便器にへたりこんだ薫子は、下半身を丸出しにしている。深いシワが何本も刻まれ、内側にへこんだ下腹に白髪まじりの陰毛が見える。いまさら恥ずかしがる気力もないのか、薫子は放心した顔のまま身をまかせてくる。ぼくは腋《わき》のしたに手を入れて立ちあがらせ、パンツとズボンをあげてやる。トイレ中がおしっこのにおいでいっぱいになる。あわてて水を流し、薫子をトイレの外にはこび出す……とたんに疲れが出て、頭がしびれてくる……もう無理だ！　明日は朝から予備校に行かなくてはならないのに。

薫子をだき抱えて階段をのぼり、廊下も引きずって、部屋までつれていく。イスにすわらせ、そのあいだにシーツを整え、ベッドに寝かせる。薫子は瞬く間に寝ついたようで、布団をかけたときにはもう寝息を立てている。

したに降りると、光子と幸枝が薫子についてのグチを言い、それからまた頭痛のことを持ち出すので、もういいかげんに部屋にもどって眠るように言う。時計は二時半をまわっていて、さすがに二人とも文句は言わない。一階の電気を消し、三人で階段をのぼる。彼女たちが部屋にはいったのを見とどけてから、ぼくもドアを開ける。窓はあいかわらずガタガタ鳴っている。電気をつけると、机のうえのぶ厚い参考書が目にはいり、窓ガラス目がけて投げつけたくなる。いや、それよりはこれで寝ている婆ぁどもの頭を殴ってまわったほうがいい。そうすればヤツらの性根も少しは良くなろうってもんだ！

翌朝七時におきてしたに行くと、テーブルには善男さんと七人の老婆たちがそろっていて、もう朝ご飯を食べていた。薫子も昨夜のことがウソのような元気さで、今日は友達と一緒に買物に行くのだと張り切っている。善男さんもなにごともなかったかのように、「かたづけはおまえがやれよ」と言ってお代わりに立ちあがる。光子も幸枝も、昨夜のことについてお礼ひとつ口にしない。もしかしたら、彼女たちは本当になにもおぼえていないのかもしれない。では、昨夜ぼくのしたことはなんだったのだろう……。

それにしても感心してしまうのは、善男さんがここ八方園を実質ひとりで切り盛りしながら婆さんたちの面倒を見ていることだ。ただし、ぼくがいうのは彼の事務的な能力や介護技術についてではない。いずれ説明することもあるだろうが、善男さんは昔から学力も体力もAランクの人間で、その気になりさえすればどんなことでもできるにちがいないからだ。

それなら、ぼくが彼のどこに感心しているのかというと、なんといってもその忍耐強さである。善男さんはふつうの介護福祉士たちのように、自宅はべつにあって、ある時間帯だけ施設に通ってくるのではなく、もう丸四年以上ものあいだ、ここに七人の老婆たちとともに住みついているのだ。さらにいえば、少なくともこの三カ月は、一度も外泊をしていない。もっとも、外出は頻繁にしていて、それらはほかのグループホームとの打ち合わせであったり、区役所へ書類を提出するためなのだけれど、それも必要最小限の時間ですませていて、帰りに本屋や喫茶店で息抜きをしてくることすらないようなのである。

一方のぼくはといえば、外泊したことがないというのは同じだけれど、医者を志望するものとしては情けないながら、はっきりいって婆さんたちにかこまれて暮らすことに耐えられず、今では日に何度となくここから逃げ出すことを考えるしまつだ。

これまで一度も年寄りと暮らしたことのないものにとって、身近にいるのが老人たちだけという生活は思った以上に恐ろしいものだった。ぼくの知っている年寄りといえば母方の祖父母だけで、彼らはいつ会ってもきちんと身じまいをしていたし、まちがっても孫に自分たちの老いてシワくちゃになった肉体を見せたことなどなかった。

ところが、ここにいれば、ぼくはいやでも婆さんたちの素《す》の肉体を見なければならない。オムツ替えまではしないといっても、昨夜のようにトイレで立てなくなったのを助けおこすといった場合は出てくる。風呂あがりに薄い下着から透けて見えるシワくちゃの乳房や、入歯を外した口を空にむけてひなたぼっこをしている姿などというものも、見まいと思っても、つい目にはいってしまう。さらに、彼女らの服装というのが、いずれももう十年は着古していると思われるよれよれであって、まわりすべてがそれらの物体にかこまれていることからくる圧迫感は、ぼくがまったく予想もしていなかったものだった。

「アキラ、ふだんここできたねぇ婆ぁどもばっかり見てんだろ。そうすっと外で見かける若い女がみんなヤタラときれいに見えっから。油断してっとふつうならハナも引っかけないようなネエちゃん相手にむやみにおっ立って、すれちがいざまににらまれるから気をつけろよな」

などと善男さんはフザケて言うけれど、残念ながらぼくの場合、ここで暮らすようになってからというもの、性欲は極端に落ちた気がしている。家にいたときには、机にむかっている途中で部屋の鍵をかけに立ちあがるだけでドキドキしたものだが、今ではそんな気になることもめったになくなってしまった。

それに比べて善男さんのほうは元気というか、平常心というか、たとえ一度に七人の老婆たちにかこまれているときでも、それこそ公園で子どもたちと遊んでいるような雰囲気で、彼女たちを適当にあしらっている。ただし、そうは見えてもひとりひとりの様子に細かく気をくばっていて、ひと段落したときには部屋に戻ってメモをつけ、夜それらをまとめたノートを今後の参考にとぼくに見せてくれたりする。つまり、彼は実に模範的な介護福祉士なのだ。

もっとも、ぼくからすれば、善男さんは今でも半分は役者・後藤善男であって、なんならそのまえに定冠詞としてさらに作・演出とつけてやってもいい。とにかく、三歳のときに北大構内の青いビニールシートにおおわれた劇場（通称青テント）のなかで初めて彼の芝居をみて以来、ぼくにとって善男さんはこれ以上ない憧れの人物だった。オフクロによれば、ぼくの口が悪くなったのも善男さんの影響だそうで、たしかにそれはそうかもしれないが、そんなことは全然問題ではない。

その後、彼への憧れを抱いたままぼくがこの歳になるまでのあいだに、善男さんのほうではひたすら袋小路にはまりこんでいった。げんにここ八方園で見る善男さんにあのころの面影を見つけるのは難しい。しかし、だからといって、ぼくが彼に失望しているかというと、そんなことはない。実際、今でも善男さんからはただ者ではない雰囲気が感じられるし、それはここの婆ぁどもにもわかるらしく、彼女たちも善男さんには一目も二目も置いている。それに百八十三センチの上背が変わらないのはもちろんだけれど、イスから立ちあがる動作ひとつにも全身に神経がいきとどいていて、思わず目をむけてしまうことがある。とつぜん幕が開いて芝居がはじまったような感じだ。本当にこれでどうして役者で食っていけなかったのか不思議でならない。

ただし、オヤジによれば、結局あいつは自分の育ちの良さや素直さを認めたくないんだ、ということである。

「まったく義兄《にい》さんそっくりだ」

と、オヤジは善男さんが帰ったあとでよくもらしていた。

義兄さんというのは、オフクロの兄にあたる後藤一郎氏のことで、ぼくにとっては伯父であり、善男さんはそのひとり息子だ。そして、この二人はたしかに背格好から表情のつくり方まで実によく似ていた。もっとも、もの心ついてからというもの、二人が並んでいるところなど一度も見たことはないので、ぼくもオヤジも伯父さんのなかに善男さんを見、善男さんのなかに伯父さんを見つけるわけだ。ちがっているのは、伯父さんには成功したものが自然に身にまとってしまう自信と、それとは裏腹のある種の鈍感さが同居していることだろう。

彼の経歴からすればそれもやむをえないことであって、北大の法科を出て大蔵省にはいるのが異例なうえに、さすがに事務次官とまではいかなかったけれど、キャリアとして十分に実績を積んで北電に天下ったのだから、道内出身者としてはこれ以上の栄達はないわけだ。そんな伯父さんに誤算があったとすれば、ようやく故郷札幌にもどれるとなったときに交通事故で伯母さんを失ったことと、それ以後善男さんとの関係が急速に悪化したことだろう。善男さんにしてみれば、せっかく東京の親元を離れて北大にはいったというのに、二年後には独り身になった父親が追いかけてきたわけで、これは今のぼくから見てもさぞたまらなかっただろうと思う。

そのせいもあって、そのころの善男さんは、なにかといってはウチに来て、まだよちよち歩きのぼくの相手をしながらグチをこぼしていったということだ。

「まったくおまえもついてないなあ。しかし、美人薄命って格言は本当だね。オレは運が良かった」

と言って笑うオヤジに、オフクロが、

「はいはい、その話はもう聞き飽きました。わたしは百歳でも二百歳でもたっぷり長生きいたしますから、あなたは好きなときにさっさとむこうにいらしてくださいな」

と、言い返したりしていたというのはあとで善男さんから聞かされた話だけれど、それまで北二十条あたりのボロアパートにいたのが、とつぜん宮の森の高層マンションで一緒に暮らせと言われたって、二十歳の若者にとっては迷惑でしかない。それがキッカケになったのか、善男さんはますます芝居にのめりこんで、授業にはほとんど出なくなり、反対に役者としての人気はうなぎ登りで、青テントの芝居にはいつも長い行列ができた。善男さんはスターだった。

その絶頂が、善男さんが二十三歳のときにもよおされた青テントでの結婚式で、ところどころ雪の残る三月初めのキャンパスには二百人以上の人々が集まり、今思い出してみてもからだがふるえるのだけれど、五歳だったぼくは新婦の恵子《けいこ》さんのヴェールを持って、二百人のあげる歓声のなかを歩き、善男さんに抱きあげられて手を振った。

善男さんより二つ歳うえで、そのとき二十五歳だった恵子さんは、自分で縫ったという胸の大きく開いた純白のドレスに身をつつみ、手拍子とバンドの生演奏に合わせてぼくと踊った。

みんな大にぎわいだったけれど、そのなかには苦虫を嚙《か》み潰《つぶ》したような顔もひとつだけあって、それはもちろん後藤一郎氏だった。それにしても、その日の伯父さんには子ども心にも近寄りがたい威圧感があり、大げさにいえばひとり対二百人でちょうどバランスが取れているといった感じだった。その横には福井からやってきた恵子さんの両親もすわっていたけれど、残念ながら、こういうのを格がちがうというのだろう。はっきりいって彼らのことはまるで印象に残っていない。ただし、恵子さんの両親が必要以上に恐縮していたのも事実であって、それというのも、これまたあとで聞いた話だけれど、二人の結婚はどうやら七対三くらいで恵子さん主導であったらしい。まず三年目で大学を中退した恵子さんが、学外での劇団をつくるべく、ことばは悪いが、善男さんをハメこんだというのである。

もちろん伯父さんがそんなことをすんなり認めるはずもなく、善男さんが中退・結婚・劇団結成の方針を伝えたときには、本当に殴り合いになった。ただし、ケガをしたのは立会人として同席していたぼくのオヤジだった。

「おまえはその女に利用されているだけなのがわからんのか」という伯父さんの紋切り型の罵倒に対して、善男さんも「自分の出世しか考えたことのないヤツになにがわかるんだ」と同じく紋切り型の台詞《せりふ》で応じ、激怒した伯父さんが拳をふりあげ、それが止めにはいったオヤジの左目に当たったというわけだ。

その夜、善男さんに抱えられて帰宅したオヤジは、片方のレンズが割れたままの眼鏡をかけて、「まったく似たもの親子が」とくり返し、表面上は善男さんの味方をしているようだったけれど、実際はオヤジのほうでもそうとうとまどっていたのだろう。その後何度となく「やっぱり、あのとき反対しとくんだったかなぁ」とつぶやいていたのをぼくは聞いている。

それとはべつに、善男さんのほうでは「おまえのオヤジはまともだからなあ」とことあるごとにぼくに言い、「天下り役人の息子よりは、筋金入りの人権派弁護士の息子のほうがいいさ」とつけくわえたのだけれど、これはまったくの誤解だ。それというのも、ぼくのオヤジにはうつの傾向があって、調子が悪いときは誰がいようと、なにをしているときだろうと、眉間に深いシワを寄せて黙ってしたをむいてしまう。いくら病気とはいえ、家のなかに不機嫌な人間がいるというのは本当にたいへんなことなのである。ところが、善男さんのまえでは、うつがウソのように解消するのだ。したがって、オフクロもぼくも、善男さんが来るのをことのほかよろこんでいた。

ひとつだけオヤジを弁護しておけば、北海道というのは実に狭いところだということだ。これは逆説ではなく、本当のことである。

道庁の官僚から新聞やテレビといったマスコミ、それに労働組合まで、いわゆる上部構造のすべてが北大卒の人脈をもとにできあがっていて、そんななかでまともな人権派であろうとすれば、やり合う相手はかつての同窓生たちであり、とどのつまりはうつになるしかないというわけだ。日本も狭いが、北海道はもっと狭い。

ぼくがおぼえているだけでも、オヤジが関わっていたのは夕張をはじめとする道内各地の炭鉱での塵肺訴訟にはじまって、JR北海道の採用差別問題、アイヌ民族による二風谷《ぶたに》ダムの建設反対運動、泊《とまり》原発の建設差し止め訴訟、十勝・帯広地域での道路建設反対運動、それに最近は児童虐待やDV被害者の救済といったことで、いずれも労力のわりに金にならないものであることは言うまでもない。これらの訴訟に関するかぎりほとんどが持ち出しだったはずで、ではわれわれ一家がどうやって食べていたのかといえば、高校の教員であるオフクロの稼ぎによってだった。ぼくが生まれ育った北大植物園の裏手にある家もオフクロが相続したものだし、拓銀の重役だった父親から受け継いだ株券の配当金も大いに家計の助けになっていた。

「これが本当のマッチポンプ一家だ」

と、オヤジは自嘲気味に言うことがあったけれど、誤解のないようにいっておけば、オヤジとオフクロは実に仲の良い夫婦で、それにぼくはこれでもオヤジのことを正当に評価しているつもりだ。


それにしても、近ごろつくづく思うことは、子どもとは自分の親が許容するであろう選択の幅からは、そう簡単に自由になれないということである。これはたとえば、床屋の息子が店を継いだりする場合のことを言っているのではなく、もちろんそこにはそれなりの苦労もあるだろうけれど、そうではなくて、ぼくらのように大学に進学し、そこで一定の学力を身につけたうえであらためて職業を選択することを期待されている場合の話だ。

この不況下でなに贅沢《ぜいたく》なことをと言われるかもしれないが、事実なのだからしかたがない。そして、大学受験をまえにして、そのように自由な選択が許されているかに見える状況下に置かれてみると、ぼくにはなにもなりたいものなどなく、やむをえず医者などと言い出してみたというわけだ。善男さんへの憧れからシェイクスピアとチェーホフの戯曲は愛読していたが、ぼくにとって芝居とは最初から観客として参加するものでしかなかった。

オヤジがぼくを善男さんのところに送りこんだのも、そんな息子のことを見かねたからなのだろう。

しかしながら、そんなぼくにもひとつだけなりたいものがあって、それは父親である。どんな職業に就こうとも、夜眠るまえに布団に寝ころがって、自分の子どもにいろいろな本を読んでやりたい。

いまどきこんなことを言うと、多くのひとが笑うだろう。実際、高校二年生のときにも笑われた。ある日、ホームルームの時間に将来の夢を語ることになり、そんな家庭を一緒につくれるような女性と結婚したいと思うと素直に言ったところ、担任をはじめクラス中から笑われたのである。

不用意な発言であったが、そのころ初めて彼女というものができて、日々デートをくり返しているうちに、こんなヘンテコリンな関係でいるよりはさっさと結婚して一緒に生活したほうがずっと良いではないか、といったことを考えていたのでついそんなことを口走ってしまったのだと思う。もちろん彼女は真っ赤になっていたが、フラれたのはそれが原因ではない。彼女は首尾良く第一志望の藤女子大に合格したのだが、ぼくがとつぜん東京に出ると言い出したので、すっかり機嫌を損ねてしまったのだ。つまりオヤジのせいで破局してしまったわけだが、ぼくとしてはそれくらいのことでガタガタいうならいずれはダメになるに決まっているとあっさり気持ちの整理がついてしまい、そのことのほうにかえっておどろいていた。

ともかく、そんなぼくの結婚願望を嘲笑《あざわら》うかのように、結婚してからの善男さんは悪戦苦闘の連続だった。それまでの学生劇団とはちがい、一度キャンパスの外に出てしまえば稽古場の確保はおろか、働きながらでは脚本を書く時間をつくるだけでも至難のわざだからだ。善男さんは、ぼくが小学生になったころからみるみるやせていった。

仕事はいろいろとやってみた結果、住宅内部の清掃におちついた。内装がすんで完成をみた新築の家のしあげをしたり、売りに出された中古物件をできるかぎりきれいにするというもので、受けで一件あたり三万円。無理をすればひと月二十件はいけるといっていたけれど、作業につかう洗剤は特殊なものばかりで値が張り、思ったほど実入りは良くなかったらしい。

もっとも、善男さんのほうではいたく気に入っていて、

「昔でいやぁ、煙突掃除だ！」

と言って笑っていた。そこの社長が理解のあるひとで、恵子さんもそこで事務をしていたし、いずれ劇団を旗揚げしたさいには二、三週間ならばまとまって休みをくれることにもなっていた。

オヤジとオフクロは、そんな仕事はからだに悪いにきまっているからと、ずいぶん心配していた。

「遠慮せずに、いつでもご飯を食べにきなさいよ」

と、電話のたびに言っていたけれど、いつまで待っても二人はあらわれないので、ぼくが使いに出されることになる。

東西線の西十一丁目駅から地下鉄に乗って、大通駅で南北線に乗り換え、北二十四条駅の改札をあがると恵子さんが待っている。そこから十分ほど歩いてアパートに着く。日曜だというのに善男さんは仕事に行っていることが多く、ぼくは恵子さんとおしゃべりをし、持たされたおこめ券や商品券をわたして帰ってくる。善男さんに会えるのは三度に一度くらいだった。

ふた月に一度そんなお使いをしながら、子どもの目にも二人の暮らしはたいへんそうに見えた。それでも結婚して翌年には劇団「魴鮄舎《ほうぼうしゃ》」が結成されたのである。記念すべき初公演が行なわれたのは、琴似駅からすぐのレンガ造りの古い倉庫だった。

それは待ちに待った芝居であり、ぼくだけではなく、あの青テントでの後藤善男を知るものたちすべてが待ち望んでいたはずだ。ぼくら一家三人は、五日間公演の楽日である日曜の晩に出かけていった。芝居の内容は忘れてしまったが、演研ではいつも主役をつとめていた恵子さんが出ていなかったことと、帰りがけにオヤジが言ったことばははっきりおぼえている。

青テントのときもそうだったけれど、こういった芝居の場合、出口の先に役者たちが列をつくり、お客にむかってあいさつをする。衣裳もメイクもそのままで、息をはずませた汗だくの役者たちは怖かったが、声をかけてもらえるとぞくぞくするほどうれしくなる。ぼくは善男さんに「おめでとう」と言おうと、緊張しながら歩いていた。ところが、ぼくのまえを歩いていたオヤジは、列の最後にいた善男さんと目が合うやいなやきつい声で言った。

「旗揚げおめでとうと言いたいが、それでこの先どうするんだ」

その人目をはばからないものいいに、ぼくは本当におどろかされた。

オヤジはかなりのうつではあるけれど、ふだんは誰に対しても必要以上に気をつかっているし、まして善男さんにむかってこんな冷や水を浴びせるような言い方をしたことなど一度もない。これには善男さんもそうとうおどろかされたらしく、ただし図星でもあったのか、黙ってオヤジの顔を見つめていた。

善男さんは百八十三センチもある大男なのに、そのときは百七十センチにも満たないオヤジがずいぶん大きく見えたのをおぼえている。

うしろがつかえているのに二人は黙ってにらみ合い、あわてて取りなしに入ったオフクロが、善男さんのかげにいた恵子さんを見つけて声をかけ、オヤジを列から引っ張り出したのでその場はことなきをえた。ただし、それからほぼ半年に一度のペースで行なわれた芝居にオヤジは行かなかった。

もっとも、劇団の評判自体は悪くないようで、レンガ造りの倉庫を改造した芝居小屋はいつでも満員立ち見状態だった。気になることと言えば、二回目の公演にも恵子さんが出演しなかったことと、演出に専念しているらしく、善男さんがしだいにチョイ役でしか舞台に立たなくなってきたことだけれど、前者については、旗揚げの翌年に子どもが生まれたのでぼくは納得したのだった。

生まれた女の子には「花《はな》」という名前がつけられた。善男さんと同じくぼくもひとりっ子だったので、妹ができたようでうれしくてしかたがなかった。恵子さんの両親が福井の田舎からお祝いにかけつけ、おかあさんのほうは三カ月くらいもいたと思う。一方の後藤一郎氏は、そのころこんどはさる都市銀行の役員としてまた東京で暮らしていたので忙しいらしく、それでも月に一度は最終便の飛行機に乗ってやってきて、孫の顔を見てからウチに泊まってゆくのが恒例になっていた。

二人が離婚したのは、ぼくが五年生になってすぐの四月のことで、花ちゃんが三歳のときだ。ある晩、久しぶりに善男さんが家にやってきたのでよろこんでいると、オフクロからしばらく部屋に行っていなさいと言われ、それでぼくにもわかったのだった。

オフクロが呼びにきたときはもう善男さんは帰ったあとで、どうせまたうつになっているのだろうと思ってしたに降りてゆくと、オヤジはすでにいくらか飲んでいるらしく、めずらしく饒舌《じようぜつ》にしゃべり散らした。

「あいつはバカだ、本当にバカだ。だから女にもてるヤツはダメなんだ。つまらんところまで義兄さんに似やがって」

と、言ったかと思うと、

「でもなアキラ、善男だけが悪いんじゃないぞ。悪いのは札幌だ。まったく、ここはロクな街じゃないからなぁ。しかし、東京だって一緒か。いや、やっぱり札幌のほうがひでぇか。まあ、善男は悪くないよ、よくやったんだから。ここでなにかやろうと思えば、かならずひでぇ目にあうんだ。しかしなぁ、男はダメだなぁ。いや、アキラ、だからって女が正しいってわけじゃないんだぞ」

などと言い、

「おとうさん」

と、オフクロににらまれると、あわててウィスキーをあおっていた。

それから先、善男さんは札幌を離れ、東京のプロダクションに所属して、ひとり俳優の道をめざすことにしたということだったけれど、たとえ浮気ということがあったにせよ、どうしてそれが一気に離婚にまで発展しなければならないのかはわからなかった。

その件について家ではもう誰も口にせず、気にはなっても黙っているよりしかたがない。

ただし、恵子さんからは聞いたことがあって、それはこんどぼくが札幌を離れるまえに、あいさつをしにいったときのことだ。善男さんと別れ、劇団が解散してからも、恵子さんは琴似にあるレンガ造りの倉庫をフリースペースとして運営し、音楽のコンサートや舞踏、それにもちろん芝居も上演されていた。もっとも、自分ではもう役者はせずに、もっぱら小屋の面倒見に徹していた。

「善男は悪くないのよ。そりゃあ、よそに女なんかつくって頭にきたわ。でも、それよりこのまま二人でいても、もうなにもできない気がしたのね。一緒に芝居がやりたいだけだったら初めから結婚なんかしないほうが良かったんだろうけど、あたしは善男が好きだったし、だいいちそんなことやってみなくちゃわからないじゃない。だから、善男にはいろいろと無理をさせて、悪かったとは思ってるのよ」

そう言うと恵子さんは、愛用のハッカ入りのタバコに火をつけた。恵子さんは小さなひとで、オヤジと同じく百七十センチ足らずのぼくから見ても頭ひとつ低いのに、いつでも妙な迫力をみなぎらせている。その雰囲気は生まれ育った福井の港で自然につちかわれたものなのだろうか。

「花、花はアキラ君にお嫁にしてもらいな」

「えー、でも、あたしもうサトル君と結婚する約束してるもん」

「ふーん、それじゃあ、かあちゃんがアキラ君を盗《と》っちゃってもいいかい」

「うーん、どうしようかなあ。少し考える」

こんな会話を聞かされると、ぼくはそれだけでドキドキしてしまう。恵子さんはそのへんのことは絶対に見逃さず、

「いいよね、アキラ君は。善男はあたしとつきあうまえに何人彼女がいたと思う。もっとも、あたしだってひとのことはいえないけどさ」

といったことを、自分の子どもがいるまえで平気で言ってのける。

ただし、その恵子さんも離婚した当初は途方に暮れていたので、オヤジやオフクロも心配し、後藤一郎氏も息子に代わって月々の生活費を援助したりしていた。それがおち

ついたのは、その翌年に恵子さんの両親が福井から札幌に移ってきてからだ。なんのまえぶれもないとつぜんの行動で、これには恵子さんはもちろん、オヤジやオフクロ、それに伯父さんもすっかりおどろいていた。

「今回ばかりはオレは負けを認める。オレみたいにあちこち土地を移りながら仕事をするのを当たりまえに思ってる人間とちがって、あのひとたちはその港町で生まれたときからずっと暮らしてきたわけだろう。仲間がいて、親戚がいて、お墓だってあって。それに船から網からいろいろと大事にしてきたものだってあったろうに。それを全部捨ててきたわけだからな、あの歳で。恵子さんと花ちゃんのためにだ。オレにはとてもそんなことはできんよ」

ある晩ウチにやってきた伯父さんはそう言い、ソファーにもたれて天井を見あげた。

「それはそうだけど、かわいそうなのは善男のほうだろうよ。恵子さんには出てきてくれる親はいても、あいつはこれから先、誰の助けも借りられないわけだからな」

そうオヤジが言うと、伯父さんは姿勢を正してウィスキーを飲み干した。

「東京で、あいつがまるでかなわないようなヤツにあえればいいがなあ。ただし、こればっかりは運だからなあ」

と言うと、伯父さんは立ちあがってトイレにはいり、そのまましばらく出てこなかった。

　しかし、残念ながら、善男さんにはその運がなかったのかもしれない。なぜなら、東京に出てから三年近くがたったころ、つまり今から五年ほどまえにしばらく音信のとだえていた善男さんからオヤジ宛に手紙が届き、こんどさるよんどころない事情から老人グループホーム八方園を立ちあげることになり、そこの責任者兼専従の介護福祉士をつとめることになった。ついては至急相談に乗ってもらいたいといった主旨のことが書かれていたからだ。連絡先は東京都新宿区の上落合《かみおちあい》だった。

　その手紙を読むと、オヤジもオフクロも、そしてもちろんぼくも、書かれていた内容よりもまずは善男さんが生きていることを知ってほっとした。さっそく電話をし、かわるがわる声を聞いたあとで、オヤジはしばらく善男さんの相談に答えていた。

「簡単にいえば、善男が居候《いそうろう》をしていた下宿の持ち主が亡くなって、その遺言を調べたら、あいつにむかって、勝手を言ってもうしわけないけれど、自分が死んだあとも、そこにそのまま年寄りたちを住めるようにしてやってほしいって書かれてたんだな。なんでも以前は学生相手だったのが、だんだん若いのが寄りつかなくなって、いつのまにかお婆さんたちが集まるようになっていた。みんなほかに行き場がないんで、亡くなった白川さんが善男にあとをたくしたというわけだ。善男としては行きがかりじょう、断るわけにもいかないんで、いろいろ考えた末にそこを改造して正式な老人グループホームにしようっていうんだね。そうすればまわりから妙なかんぐりも受けずにすむし、補助金もそうとう出るからな。まあ、あいつにしてはめずらしく現実的かつ建設的なアイディアだよ」

電話のあとで、オヤジはぼくとオフクロにそう説明をしながら、たいそう上機嫌だった。

「でも、善男は介護福祉士の資格なんていつ取ったのかしら」

と、オフクロがきく。

「いや、それがおかしいんだけど、善男のヤツ、二年くらいまえに老人ホームで働く職員の役でTVドラマに出てたらしくて、そのあとも仕事がないときには施設にアルバイトに行ってたんだって。それで下宿に帰ればお婆さんばかりだろ、じゃあついでに取っちまえってんでやってみたらしいよ。勉強したのは十年ぶりだって言ってたけど、バカじゃあないんだから受かるに決まってるさ。そしたらすぐにこんなことになったんだと。いや、実におかしい。おまえ、すぐ義兄さんに電話して教えてやるといいよ。もっとも、よろこぶかどうかはしらんがね」

「それはともかく、相談ってのはなんなんですか」

「ああそうか、ええと、まずひとつめは遺産相続の手続きについて。それから二つめは、そういった施設を維持管理するには経理のこととかがきちんとしてなくちゃいけないから、会計士を紹介してくれっていうんだね。ぼくがやってもいいが、今後のことを考えればむこうで誰か紹介したほうがなにかと便利だろう。会計士の知り合いもいるから、あとで連絡をとって適当なひとがいないかきいてみるよ。そうだ、来年の正月はみんなで東京に行ってみるか」

どうやら上機嫌が躁《そう》に移行してしまったらしく、オヤジはあることないことしゃべり散らし、オフクロとぼくとは「まだうつのほうが楽で良かった」と言い合った。

それから五年後の春、つまり西暦二〇〇二年の四月にぼくは一介の浪人生として東京にやってきたわけだけれど、まずは下宿先である八方園にたどり着くまでがたいへんだった。

札幌で育ったものなら誰もがそうであるように、われわれは先の見とおせない道というものを見たことがない。遥かなる都長安においてはじまり、いにしえの平城京、平安京をへて、われらが札幌へと伝わった碁盤の目状の都市においては、基本的に道路というものは直線であり、それらはかならず直角に交わるものであるからだ。どんな裏路地であれ、斜行することはおろか、蛇行することなど決してない。仮に道に迷ったとしても、周囲の山を見まわして東西南北の感覚を取りもどしさえすれば、すぐに自分のいる位置を確認することができる。

ところが、ここ東京においては、すべての道がとぎれとぎれのつぎはぎだらけであるうえに、いくら顔をうえにむけても、まわりをかこむ建物にはばまれて、山はおろか、高層ビル群でさえどこにあるかわかりはしない。したがって、地下鉄の駅から外に出て、角を三つも曲がると、ぼくはもう自分がどこにいるのかがわからなくなってしまった。

それなら初めから善男さんに迎えにきてもらえばよさそうなものだけれど、夜行電車が着いた朝早くに上野駅から電話をすると、「ああ、アキラか、道わかるよな」で切られてしまったので、まさかわかりませんとは言えなかったわけだ。それにぼくとしては、なんというか、善男さんがぼくのことをどう思っているかがわからず、ずいぶん心配だったのである。

生まれたときからかわいがってもらったが、だからといって歳の離れたいとこが、自分の仕事場兼生活の場にもぐりこんでくるのだから、いやがられてもしかたがない。

しかし、それは杞憂《きゆう》であって、しばらくぶりでまぢかに見る善男さんは、そんな青臭い思いこみなどとは端《はな》から無縁だった。彼の行動をひとことで言えば、なんにつけぶっきらぼうだ、ということになるだろう。自分に対しても、他人に対しても、やらなければならないことは、やれ。そうでないなら、勝手にしろ、という態度がどこまでも一貫している。

さんざん迷ったあげく、お昼になってようやく八方園にたどり着いたときも、善男さんはとくにほっとした顔もみせなかった。

「ああ、来たか。メシは？」

と、きかれ、

「まだです」

と答えると、

「じゃあ、ちょうどいいや。おおい、お米《よね》さんよ、目玉焼きもうひとつ焼いてやってくれよ」

と、善男さんは玄関から奥にむかって声をかけた。しばらくぶりで聞く張りのある低音に、ぼくのからだがビリビリとふるえ、青テントでの姿がよみがえる。しかし、その声に応じて登場したのはドーランを塗った役者たちではなかった。

「あら、じゃあ例の子が着いたのね」

「なんていう名前だったかしら」

「上杉《うえすぎ》さんよ、上杉瞭《あきら》さん。善男のいとこの」

「そう、そうだったわね」

などと話す声が聞こえて、ぞろぞろと婆さんたちがあらわれた。

あいさつをしようとすると、善男さんはなにを思ったのか、上着のポケットから三枚の短冊型の色紙を取り出して、ぼくにわたした。

「いいか、アキラ。このお札《ふだ》だけは寝るときも、便所のなかでも、絶対に離さず身につけてるんだぞ。そして夜、となりの部屋からヘンテコな物音が、たとえば包丁を研ぐ音が聞こえたりしたら、オレのことはいいから、とにかく逃げろ、わかったな」

「なんだい、あたしたちは山姥《やまんば》かい」

「バカ言ってんじゃないよ」

「善男はいつでもこんなフザケたことしか言わないんだから。あたしたちがそんなことするわけないいじゃないか」

「たしかにおまえらはオレにはなにもしなかったが、コイツはまだ毛も生えそろわないガキだからな。用心しとかないと、なにかあったときにコイツのオヤジやオフクロに面目が立たないってことさ」

そんなことをとつぜん言われて、ぼくはすっかり動揺してしまった。

「あら、かわいい。そう言われればそんな気にもなりそうね」

と、誰かが言った。

「善男とは似てないけど、いい男ですよ。もっとも、まだまだこれからだけど」

「でも、こんなかわいい子だってにくたらしい男になるのよ」

「あっ、じゃああなた善男の昔のこと知ってるでしょ、こんど教えてちょうだいよ。あたしたちすっかりお世話になってるのに、このひとのこと役者くずれだってこと以外にはなんにも知らないんだから」

「あらそうね、それはぜひ聞かなくちゃ」

婆さんたちは口々に勝手なことを言ってうなずき合っている。

「うるせえ、婆ぁども。つまんねえこと言ってっとしばって川に流しちまうぞ」

と善男さんがみんなをにらんだのだけれど、婆さんたちはその独特の声や、ギョロリと剝《む》いた大目玉を見るのがうれしくてならないといった顔で善男さんを見あげていた。

「しかたがねえ婆ぁどもだ。おいアキラ、部屋教えっからこっちこいや」

善男さんはぼくをつれて二階にあがると、廊下の両側に四つずつ並んだ部屋の、つき当たり右側のドアを開けた。

「ここは一番日当たりの悪い部屋で湿っぽいけど、がまんしてくれや。婆ぁどもじゃカビが生えちまうからな。そこに札幌から送られてきた机と、布団やらなんやらの荷物は運んどいたから、確認しといてくれ。それとあとでそっちのスケジュールを聞かせてくれな、予備校とか行くんだろ。一応配慮はするから。おまえはオレとちがってできがいいから大丈夫だろうけど、オジさんやオバさんにオレのバカがうつったとか言われるのはいやだからな」

そう言うと善男さんはさっさとしたに降りてゆき、ぼくはほっとして床にカバンを置いた。

ぼくはこの四月からの一年間、ここ八方園で善男さんを手伝いながら受験勉強することになっていた。ただし、いくら前年度に合格圏にはいっていたからといって、学力を一年間維持するのは並大抵のことではない。したがって、予備校はともかく、一日最低三時間は勉強時間を確保することと、週に一、二度英会話のレッスンを受けることだけはあらかじめ善男さんに了解をとりつけてあった。それ以外の時間は、すべて八方園での活動にあてるつもりである。

ぼくはさっそく壁ぎわに積まれた荷物の片づけにかかった。段ボール箱を開け、詰められていた洋服を取り出し、タンスにしまってゆく。ところが、すぐに涙があふれて、ぼくは手を止めた。丁寧にたたまれた服や段ボール箱に貼られた宛名書きの文字を見ているうちに、オフクロのことを思い出してしまったからだ。なんとも恥ずかしいが、事実なのだからしかたがない。

八方園の各部屋は畳の敷かれた六畳間にベッドが置かれ、二間幅の押入れがついている。ひとり暮らしの浪人生には十分な広さだったが、トイレと風呂は共用で、女性用は二階の廊下のつき当たりと一階の玄関脇の二つ。男性用は一階の奥にひとつだけ。そして風呂は、われわれは近所の銭湯に行くことになっていた。

「この婆ぁどもは、もう鼻もきかなくなっちまってるみたいで平気なんだろうけど、こいつらがクソしたあとの便所なんかはいれたもんじゃねえからよ。言っとくけど、これは生物学的な事実だからな。歳をとるとな、胃腸の働きとともに、腸内の微生物の活動も衰えて、食った物を完全には消化できなくなるんで、クソが臭くなるんだと。風呂もそうでな、だいいちおまえなんかはいってたら、コイツら全員でのぞきかねないからな」

善男さんはこんなことをみんなのいるまえでずけずけと言うのだけれど、婆さんたちも負けてはいない。

「へん、なんだい。そんなこと言ってたって、善男だっていつかはかならず老いぼれるんだからね。あたしたちそれまで生きてて笑ってやらなくちゃ」

「善男には長生きなんて無理ですよ。タバコはひっ切りなしに吸うし、お酒も飲むし、おまけにイボ痔《じ》だってんだから。情けないったらありゃしない。だから、もう五年もしたらボロボロで、かえってあたしたちが看病して、あげくにお葬式を出してやるくらいですよ」

「誰かいいひとでも見つかればいいんだけど」

「あら、このまえ見学にきてた看護婦さんとはめずらしく仲良くしてたじゃないですか。送ってくとか言って一緒に出てって、帰ってきたのは二時間もたってからだったから、きっとシッポリしてるんだってみんなでうわさしたじゃありませんか」

「本当だ、忘れてた。でも、あたしはあの娘はいやですよ。なんだか媚《こ》びてるところがあって、ああいうのはすぐつけあがりますからね。よくよく注意しなくちゃ。ところで、あなたのほうはどうなんです、アキラさんは、彼女は」

「えっ」

「えっ、じゃありませんよ。あなたなんかおやさしそうだから、誰かいるんじゃありませんか、むこうに残してきたひとが」

「あっ、いや、それが卒業式の少しまえにふられまして、今は誰もいませんが」

「あらっ、それは悪いこと聞いちゃってごめんなさい。じゃあ、それがかなしくてこっちに出ていらしたのね」

「いや、そうじゃなくて、こっちに来るって言ったら、それが気に入らなかったみたいで、急にうまくいかなくなっちゃったんです」

「あら、へんな娘《こ》ねえ。でも、そんな娘とはダメになってかえって良かったじゃありませんか。今の娘はこらえ性ってものがないから。結婚したら楽ができると思ってるんでしょ。ままごとじゃないんですからね、結婚は」

「そうそう、みんなかんちがいしてるんですよ。結婚なんてただただ耐えるだけ、いいことなんてほんの少し。それでもそれが人助けだと思って……」

「ああ、やめろやめろ、ウソつき婆ぁどもめ。なにが耐えるだ、この大ウソこきが。だいたい、光子、オメエのどこから耐えるなんてことばが出てくるんだよ。いいか、アキラ、この光子くらいごうつくばりのわがまま勝手はいやしねぇんだから。コイツは部屋の掃除だっていやあ腰が痛いって言い出すし、買物だっていやあ、胸が苦しくなるし、かと思えば朝からパチンコ屋に六時間だぞ、六時間。おまけにこのあいだなんかボランティアのネエちゃんだまして遠くのディスカウントショップまで買わせにやった缶チューハイをここで定価で売って稼いでんだから、このタヌキ婆ぁはまったくしょうがねぇ。だから、嫁からオン出されるんだよ。いいか、アキラ、この婆ぁどもは、基本的に他人を使って楽することっきゃ考えてねぇんだから、絶対甘い顔すんじゃねぇぞ」
とまあ、こういった具合で、最後はやっぱり善男さんのうなり声で場がおさまることになる。

ここ八方園は老人グループホームと銘打たれてはいるけれど、いわゆる介護施設ではない。老人グループホームというのが、正式には認知症対応型共同生活介護のことであるのに、八方園の婆さんたちのうち「認知症性高齢者」と診断され、介護保険の対象となっているのは八十二歳になる登志子《としこ》さんただひとりだからだ。残りの六人は実に元気な老婆たちで、ここで全員の名前を年齢順に挙げておくと、光子・七十五歳、和代《かずよ》・七十五歳、薫子・七十六歳、幸枝・七十六歳、千代子《ちよこ》・八十歳、そして最高齢が米子・八十五歳。

善男さんが初めて八方園を訪れた七年まえには、もうひとり政子《まさこ》さんというひとがいて、彼女がここの持ち主であり、亡くなるにあたって遺言で善男さんにあとをたくしたのだ。

八方園はもとは学生相手の下宿で、政子さんの夫で早稲田大学の事務職員をしていた白川徳次郎《しらかわとくじろう》さんが、敗戦後しばらくして自宅を建て直すさい、なにもこの広いところに二人きりで住むこともないと思い立ったのが、そのはじまりだという。主に早稲田の学生を相手にしてきたが、部屋が古くなりすぎたこともあってしだいにひとがはいらなくなり、学生相手の下宿はやめてしまった。徳次郎さんはそれから二、三年後に亡くなった。するとそのころから、それまでもよく遊びにきていた近所のひとり暮らしの女性高齢者たちが集まりだし、いつのまにか八方園は老婆たちの住みかとなったというのである。

その理由は、光子のように嫁との折り合いが悪くて飛び出してきたといった場合もあれば、和代のように夫が亡くなり、娘がとついでからずっとひとりで暮らしてきたけれど、どうにもさびしくて、というもの、薫子と幸枝のように住んでいたアパートから立ちのきをせまられた、とそれぞれだけれども、なんといってもそれはひとえに政子さんの人柄によるものらしい。婆さんたちに対してはもちろん、なんにつけ歯に衣着せぬものいいをする善男さんでさえ、政子さんについて悪く言うのを聞いたことがない。

そもそも善男さんがここに居つくようになったのも政子さんにすすめられたからで、そのきっかけのときだけは善男さんのほうが彼女を助けたということだ。

今から七年まえのある日の夕方、買物帰りの政子さんがひったくりにあい、たまたまそれを見ていた善男さんが犯人を取り押さえた。そのさい、つい度がすぎて犯人の顎の骨を折ってしまい、殴った善男さんの手にもヒビがはいっていたが、警察で事情聴取を受けるはめになった。こちらに非はないのだからすぐに解放されはしたものの、善男さんの手は意外と重症で、政子さんがひどくもうしわけながり、お礼に自宅に招待し、それが縁になって用心棒代わりに八方園に居つくようになったというのである。

「そのころは本当に金がなかったんで、婆さんがメシ食わせてくれるってだけでありがたくてね」

と、オヤジとオフクロと一緒に八方園を訪ねたときに善男さんは説明をしたけれど、その「金がない」というのがどれほどだったのかはきいても答えてくれなかった。

東京に出てプロダクションに登録してはみたものの、俳優としての仕事はほとんどなく、家賃はおろかその日の食事代にもこと欠いていた善男さんは、すっかり政子さんに気に入られ、彼女が亡くなるにあたっては後事までたくされたのだった。

「善男さんは知らされていなかったみたいですけど、政子さんはわたしたちにはまえまえからおっしゃっておられました。ここはなくさないようにしますから安心してくださいって。でも、自分がいなくなったあとをどうしていいかはわからなかったようで、善男さんが来てくれたのは神様のおみちびきだといって、それはそれは感謝しておられました」

　こう言ってぼくに事情を説明してくれたのは薫子だけれど、七人のうち彼女だけが政子さんと同じクリスチャンで、そのせいかことばづかいも丁寧なのである。もっとも、それが逆にみんなから仲間はずれにされる原因にもなっていた。つまり薫子としては、政子さんが亡くなったあとは自分が彼女の遺志を継いだつもりで、以前と同じように、夕食のまえにはそろって感謝の祈りを捧げようとするのだけれど、ほかの連中はそんなことは面倒でしかたがないというわけだ。

「あのね、アキラさん。どうせ薫子はあなたにもあたしたちが不信心だなんて言いつけてるんでしょうけど、こっちは初めから耶蘇《やそ》なんて相手にしちゃあいないんですからね。ただ、政子さんには置いてもらってる義理があるし、それにあのひとはなんにつけいやみってもののないひとだったからよかったけど、薫子なんかに代わりがつとまるわけがないじゃありませんか」

　これは光子の発言だが、なにかにつけこれ見よがしな薫子のしぐさが鼻につくのはたしかだった。

　たとえば、婆さんたちが夕食後の茶飲み話で、近所の奥さんがどうやら浮気をしていて、よく若い男をつれこんでいる、といった話題に花が咲き、あたしたちだってもう十歳若ければ、といった方面に話が移ると、薫子はそこで、戸棚の脇にかけられた政子さん夫婦の写真を見つめ、胸のまえで十字を切ってみせる。

婆さんたちは顔を見合わせて、さもバカにしたそぶりで応じるのだけれど、それに善男さんが気づくと、これはこれでたいへんだった。

「おい、薫子。どうせ祈るなら、そんなちまちましたことばっかりしてねぇで、ちゃんとやれ。いいか、オレが一緒にやってやるからついてこい」

と言うなり、善男さんは台所から居間に飛びこんできた。そして、怒りに身をふるわせて、恐ろしい目つきで婆ぁどもをにらみつけると、八方園は一瞬にして芝居の舞台と化した。

「おお、天にましします我らが父よ、この愚かなる老婆たちを許したまえ。この病み衰え、もはや自分ひとりでは立つことすらかなわぬ老いたる牝羊《めひつじ》どもを許したまえ。彼女らの衰えを知らぬ欲望を哀れみたまえ。なんとなれば、彼女らは真のよろこびを知らぬからなり。不幸なるは、女として愛されるよろこびを一度も味わうことなく墓へとはいりゆく者らなり。もはや誰ひとり彼女らを抱くものはなく、彼女らを抱くべき男たちは羊のまぶたに手を伸ばすなり。おお汝《なんじ》等、不幸なる女どもよ。しかしながら、汝等の不幸はその身内より出でたるものなり。そは汝等が、汝等の創り主であり、また唯一のよりどころであるところの主イエス＝キリストをないがしろにしたためなり。今からでも遅くはない、主を崇《あが》めよ、そして祈るがよい。さすれば汝等が欲望は消え去り、清浄なる魂がよみがえるであろう。さあ、ともに祈らん！」

そう言いながら顔のまえで十字を切ってみせる善男さんの姿に誰もが釘《くぎ》づけになっているのだけれど、その動作や声音には迫真の演技力とともになんとも言えないいかがわしさが同居していて、とてもそのさそいどおりに祈る気になどなれず、むしろ彼を見つめているうちにすべてがバカバカしくなって、口もとをゆるめずにはいられない。

もっとも、善男さんのほうではどこまでもまじめな様子をくずさず、「さあ！」と呼びかけつづけているので、婆さんたちもしかたがなくなって胸のまえで手を組んで目をつぶり、頭《こうべ》を垂れる。

「天にましますす我らが父よ。今宵もわれら八方園の婆ぁどもに、この地上においてはもはやなにひとつ役に立つことのない八方ふさがりの婆ぁどもにさらなる不毛な一日をお恵みくださりましたことを感謝いたします。願わくは、ここにおります婆ぁどもを一秒でも早く、そしてまたひとりでも多く、あなたのおそばに召されませんことを、アーメン！」

そこまで言われては婆さんたちも黙っているわけにはゆかず、もちろんつづけて「アーメン」を唱えるものなどひとりもなく、ブーブー、ギャーギャーと文句が止まらなくなるのだけれど、善男さんのほうでは言いたいことをいってしまってさっぱりしたのか、まるで取りあわずに台所にもどり、洗い物をつづけるといったことになる。

どうもぼくはまた善男さんの言動に引きずられて、すっかり話がこんがらがってしまったようなので、もう一度この八方園のしくみについてきちんと説明しておこうと思う。

すでに言ったように、ここは正式な介護施設ではない。ただし、それは現在の入居者の大半がまだ要介護者＝認知症高齢者＝ボケ老人ではないからで、施設の構造も、運営の状況もすべて厚生労働省の設定したグループホームとしての基準を満たしており、NPO法人「八方園」としての認可も受けている。また、介護保険指定事業者でもある。

利用者の居室は全室が六畳ぶんの広さを持つ個室であり、一階には全員が集まることのできる台所兼食堂と、居間がある。階段と廊下には、どこもきちんと手すりやすべり止めが取りつけられているし、部屋には敷居もなく、浴槽やトイレは介助の便利を考えた専用の設備がそなえてある。

ぼくがオヤジやオフクロと一緒に初めてここを訪れた五年まえには、八方園はまだ学生用のオンボロ下宿のままだったのだから、これらの設備はすべて善男さんの手によって案配されたものだということになる。元手は政子さんが遺《のこ》していった預金五百万円に、九九年に厚生省が計上した民家をグループホームに改造するための整備費五百万円を加えた合計一千万円。ただし、そのほとんどは居間を床暖房にすることと、トイレと風呂場の改造でなくなってしまい、手すりやすべり止めの取りつけ、それに各部屋の断熱材の入れ替えと壁の張り替えといったことは、善男さんが暇にまかせてひとりでしあげたということだ。

ぼくにそれらのことを説明してくれたのは八方園の経理を担当している河原有里《かわはらゆり》さんという、三十歳くらいのきれいで品のいい女性だった。彼女は世田谷に住むオヤジの知り合いの弁護士の娘さんで、独身であり、ぼくが知るかぎり東京での善男さんの芝居をみたことのある唯一のひとでもある。

オヤジから一度彼女のところに出むいて迷惑をかけたおわびと、お礼を言うように言われていたこともあって、ぼくは東京に来て一週間ほどしたある日、新宿の高層ビル街にある彼女の勤務先を訪ねた。

もっとも、彼女のほうでは迷惑がってなどいなくて、貴重な経験をさせてもらってかえってよろこんでいるくらいだし、最近ではそういったボランティアに関わっていると言うと顧客から信用されるのだとは言っていたけれど、最初父親の命令によって八方園の経理を見てやるように言われたときは、ひとつもうれしくなかったそうだ。

ただでさえ忙しいところに持ってきて、無給だというのではよろこぶほうが難しいわけで、引き受けるかどうかはまず一度現場を見てからということで訪れたところ、そこの管理者が善男さんであることを発見してひどくおどろいたというのである。

「父から後藤善男ってひとだと言われたときに、どこかで聞いた名前だなとは思ったけど、まさか舞台のうえでみた俳優がそんなところにいるとは思わないでしょ。それにあの顔だもの、一度見たら忘れられないじゃない。わたし、本当におどろいちゃって、思わず握手してくださいって言いそうになったのよ」

せっかくだからとさそわれた喫茶店で、ぼくのまえにすわった有里さんはうれしそうに笑ったのだけれど、善男さんを初めて見た女性はたいてい同じ反応をするのでぼくはべつにおどろかなかった。ぼくのことなど眼中になく、なんでも気さくに話してくれるのも毎度のことである。もっとも、善男さんのほうではそんなことになどいちいちかまいはしないわけで、いつものぶっきらぼうで押しとおしたのだろう。それがまた女性たちにはたまらないものらしいのだからしかたがない。

ところでその芝居だが、善男さんはいったいどういうツテで役をつかんだのか、ぼくでも名前を知っているさる劇団が世田谷の劇場で上演したチェーホフの『かもめ』に、主役で出演したというのである。ぼくにむかってその話をするときの有里さんは、取っておきの話を聞かせてあげるわね、というていですっかり興奮していた。

「チェーホフだから主役云々《うんぬん》てのはあんまり意味がないんだけど、なにしろトレープレフでしょ。それに、『かもめ』には若い男性の役はひとつしかないんだから、やっぱりすごいじゃない、あっ、この話つうじてる」

「はい」

『かもめ』と聞くなり、ぼくの頭には登場人物とあらすじが克明に呼びおこされていた。いやみに聞こえるかもしれないが、これも暗記物の一種で、題名がインプットされれば自動的に記憶が再生されるのだ。

「わたしはそこの劇団に友達がいたから内情にも詳しかったんだけど、なんでもアルカージナ役の看板女優がプロダクションの後輩の後藤さんにすっかり惚《ほ》れこんじゃって、彼じゃなきゃダメだって駄々こねて、しかたなくダブルキャストってことでねじこんだらしいのね。それでわたしはたまたまみに行ったときに彼が出てて、すっかり気に入っちゃったもんだから、ほかに彼がキャスティングされてる日を調べたら楽日の、しかも最後の回だっていうでしょ。これにはすっかりおどろいちゃって、もうないっていうのを無理やりチケット取ってもらって行ったんだけど、そしたらどうなったと思う」

「いや、わかりませんけど……」

「それはそうよね。じゃあ説明するけど、『かもめ』の第四幕の最後で、ニーナを追ってトレープレフも消えたあとの部屋にほかの連中がはいってくるでしょ」

「ええ、メドヴェーデンコとソーリン以外の全員ですね」

「よく知ってるわね。それでなかのひとりがかもめの剝製《はくせい》を棚から取り出して」

「シャムラーエフ」

「いいのよ、誰だって。すると、そのシャムラーエフから、自分が以前剝製にしておくようにって頼んでおいたというそのかもめの剝製をわたされたトリゴーリンが、手に取って眺めながら『おぼえてないな！　おぼえてない！』って二度目にくり返したときに舞台裏で銃声がひびいて、それはトレープレフが自殺したためなんだけれど、それから二つ三つやり取りがあって幕になるでしょ。ところが、その楽日のときには、そのあとで無傷のままのトレープレフがもう一度舞台にあらわれて、しかも手には今撃たれたばかりらしいかもめを持ってるのよ。そして、そのかもめをその場でめちゃめちゃにひきちぎって、トリゴーリンやアルカージナにむかって投げつけて、自分の顔にもこすりつけたの。顔に血と羽がこびりついてすごいことになってるのに、目は放心したみたいにもうどこも見てないのね。すぐには信じられなかったけど、剝製じゃなくて、さっきまで生きていたかもめを引き裂いたわけよ。ほかの役者たちのおどろき方もふつうじゃなかったわ。そこで観客から悲鳴があがって、暗転して幕がおりたんだけど、もう大さわぎ。あわてて舞台を掃除したみたいでカーテンコールまでいやに時間がかかったし、だいいちそこに肝心の主役がいないんだから。でも、どうやったのかしらね、暴れなかったところをみるとかもめに麻酔でも射ってたのかしら。それでも残酷にはかわりないけど。そのあと彼がどうなったかは箝口令《かんこうれい》かなんか布《し》かれたみたいで、友達も教えてくれなかったわ。きっと後始末がたいへんだったでしょうし、まあ当然よね。でも、わたしはあれは悪くないと思うわ。だって、やっぱり女をバカにしてるわよ、チェーホフは」

有里さんが最後につけた感想の是非はとりあえず措《お》いておくとして、ぼくは善男さんがあらわしたという怒りの大きさにただただおどろいていた。そんな行動に出なければならない直接の原因がなんだったかはわからないが、役者であることを棒に振ってもかまわないと考えるような憤懣《ふんまん》があったのだろう。善男さんがそれまでの人生で蓄積しつづけていた怒りも加わっていたのにちがいない。

もちろん有里さんは八方園の経理を引き受けることを承知した。その後は善男さんに簡単な帳簿のつけ方を教えたり、今後の便利のために使い古しのパソコンを提供したりと、有里さんは月に一度の割り合いで八方園にやってきたそうだ。すると、いつでも善男さんは紙ヤスリや刷毛《はけ》を片手に建物内部の改造に取り組んでいたという。

「本当になんでもできるのね。手すりを取りつけるだけならともかく、壁を剝がして断熱材を入れ替えるなんて素人には難しいでしょうに。まったくなんであんなところにいるのかしら。あのルックスで、あのマメさがあればなにをやったって成功したはずよ。だいたいあなた、あいつが月にいくらもらってるか知ってるの。三万円よ、三万円。いくら食費や家賃がかからないからって、三万円はないじゃない。タバコとお酒代でなくなっちゃうわよ。それに頑固で、わたしがこの経営状態ならどう少なくみても七万円、ふつうに考えて十万円は取っても大丈夫だからって言っても、絶対にもらおうとしないのね。わたしも仕事柄いろいろなひとを見てるけど、あそこまでしっかりしたのなんて東京中探したってそうはいないわよ。それを自分で無理やり狭いところに押しこめちゃって。やっぱり結婚に失敗したのがひびいてるのかしら。あれほどの男をダメにしちゃうんだから悪い女よね。あらっ、アキラ君怒ってるの」

うつ病のオヤジとちがって、ぼくはめったに他人に不機嫌な表情は見せないほうだけれど、このときばかりは怒りが顔に出るのを抑えることができなかった。たしかに、数多くの人々を巻きこみ、また彼ら自身最後には別れなければならなかったとはいえ、善男さんと恵子さんの精一杯の行為をそんなふうに言う権利は誰にもないはずなのである。善かもめを引き裂いた善男さんにならってテーブルのうえのグラスを握りつぶしたいと思っても、もちろんぼくにはそこまでの度胸も握力もない。返事をせずにしたをむいたままでいただけだが、有里さんも姿勢をくずさず、ぼくが顔をあげるのを待っていてくれた。

それ以来、有里さんはぼくに対してそう気安く話してこなくなったけれど、月に一度八方園にやってきては経理の面倒を見て、みんなと一緒に晩ご飯を食べ、小一時間おしゃべりをしてゆく。あいかわらず善男さんのことは気になるようだが、ぼうっとした目で見つめていたりすると、すかさず婆さんたちに邪魔をされることになる。

「あらっ、有里さん。あなたはまさかあたしたち哀れな老人をダシにして、善男相手のボランティアをしにきたんじゃないでしょうね。ダメですよ、善男は疲れてるんだから。どうせなら元気のあまってるアキラさんになさいよ。自分をかわいがってもらうことばかり考えてないで、未熟な男を一人前にしてこそ女ってものですよ」

などという台詞が投げつけられて、有里さんはさもいやそうな顔をしてみせるが、善男さんはその言いまわしのおかしさに高笑いするだけなので、有里さんも結局は笑顔で帰ってゆくことになるのだった。

八方園は老人グループホームとはいえ、介護保険の対象者は登志さんひとりで、しかも要介護1という軽度の症状なので、善男さんをふくめた全員が協力し合って日々の生活を営んでいる。もともとグループホームというのが、特別養護老人ホームなどとちがい、地域に根ざし、また入所者たちの自主性を最大限に尊重しながら、できるかぎり自立した生活をめざすものなのだけれど、ここではさらにそれが徹底されているのだ。具体的に言えば、三度の食事のしたくはもちろん、買物から掃除洗濯まで日々の営みのすべてが七人の老婆たちによってなされていて、善男さんやぼくがするのは、持ち切れない買物を持ったり、布団を干すといった行為に限られている。そのなかで風呂掃除だけが例外なのは、それが彼女たちにとって極めて危険なものだからで、政子さんが亡くなったのも、善男さんがロケに出かけているときに風呂場でころんで頭を打ったのが原因だということだった。

そんな具合なので、八方園で生活するためにかかる費用は食費や水道・光熱費といった直接的なものに限られていて、全部引っくるめてもひとり当たり月十万円かからないようになっていた。いくら家賃を二万円に設定してあるとはいえ、これは驚異的な数字である。

「それ以外に、この貧乏な婆ぁどもがどうやって生きていけるよ。さっさとボケてくれりゃあ、介護保険からもガッポリふんだくれるってぇのに、コイツらときた日にゃあ、ちっともボケる気配がありゃしねぇ。オレもウブだったから、初めてコイツらを見たときは、二、三年もしたら全員がボケるんじゃねぇかと思って、必死こいていろいろ準備したってぇのに、なんの役にも立ちゃしねぇんだからな。どうだい、お米さん。ひとつ最高齢者として、率先してボケていただけませんかね。そうじゃねぇと、こちとら保険料も補助金もはいらなくて、おまんまの食いあげなんですがね」

などと悪態をついてみせるが、それが善男さんの本心であるはずがない。それどころかここが成り立っているのはひとえに善男さんが細心の注意を払って彼女たちをボケさせずにいるためで、身寄りもなく、たくわえもほとんどない老婆たちがボケた瞬間に、八方園は経営破綻をしてしまう。つまり八方園とは、介護施設であるにもかかわらず、ひたすらそこから逃れようとすることで、かろうじて成り立っている空間なのである。

春の日差しが気持ちのいい五月の朝、食事の終わりぎわにとつぜん善男さんが宣言する。

「よし、今日は大掃除をすることにしよう。暮れにやってから半年もたつから、このところどうもほこりっぽくていかん。アキラ、おまえなんか予定はあるのか」

「いえ、夕方にむかいに行くだけですけど……」

というぼくの返事を聞くと、善男さんは口もとにさもバカにした笑みを浮かべてみせる。

むかいというのは細川《ほそかわ》さんというお医者さんのお宅で、亡くなったご主人は以前東京医科歯科大で外科医をしていたそうだ。奥さんの節子《せつこ》さんも小児科医だったのだが、今はもう引退されていて、ただし政子さんとの縁で八方園の主治医をしてくれている。さらにこの四月からは、ぼくの英会話の相手もつとめてくれていた。

ぼくは中学生のときから近所のアメリカ人夫婦の家で週に二回、英語を話してきたので、会話には不自由しないのだけれど、やはりこれは定期的につづけていないと力が落ちる。ただし、善男さんから、それならちょうどいい相手がいるといって節子さんを紹介されたときに躊躇《ちゅうちょ》したのは、ぼくは日本人どうしが英語で話すのが好きでないからだ。たとえ部屋のなかで二人きりで話していても、そこにはわずかであれ、必要を超えた手段を用いている優越感がみなぎっていて、なんとも居心地が悪いのである。

「だったら、初めから英語だけでやりゃあいいじゃねえか。もともと知らねえどうしなんだから、あちら帰りの二世の婆さんだとでも思って話せばいいんだよ」

と、善男さんに言われてそうしてみると、まるで違和感がない。

それには節子さんの人柄に加えてお宅の雰囲気の力もあって、亡くなった旦那さんが戦災で焼けたのを意地になってもとどおりに建て直したという洋館はそこらにあるものとちがって本格的で、ここに来るとぼくはつい札幌の家のことを思い出してしまう。

　また、節子さんは自分のような年寄りとばかりではつまらないでしょうと言って、医科歯科大に来ている留学生たちにも声をかけてくれ、おかげでぼくは韓国や中国、それにロシアの若者たちと話をすることができた。

　それはこれまでに経験したことのない、穏やかななかにも緊張感のある集まりだった。異なった国々で生まれ育ち、いずれは故国にもどって働こうとしている留学生たちと話しているうちに、ぼくの医師への志望はしだいに確固としたものになっていった。ただひとつ困るのは、こちらから八方園に帰ったときである。

「おっ、坊っちゃんのお帰りだ。いやぁ、やっぱり細川家の霊験はあらたかだなぁ。二時間まえとはアキラの顔つきがぜんぜんちがうもの。どうだい、道ひとつへだてただけとはいえ、むこうは別世界だろう。見ろ、このきたねぇ婆ぁどもを。これで同じ人間だっていうんだから、本当にいやになるよなぁ」

　週に二度も同じことを言われつづけているというのに、ぼくは今でもうまく切り返すことができず、もうしわけない顔になってしまう。善男さんもそれ以上はつっこまず、いかにも話にならないといった顔で離れていってしまうので、細川家に行く日は、ぼくはなんともアンビヴァレントな気分にならざるをえないのだ。

ともかく、善男さんが大掃除を宣言してもしばらくは誰も動きだそうとはせず、婆さんたちは黙ってしたをむいている。それも無理はないので、彼女たちは全員がすでに七十五歳をすぎた老婆なのだから、なにをするにも動作は鈍く、すぐに疲れるので、できればただじっとしていたいようなのである。ただし、これは習慣というか、ふだんの気の持ちようの問題のほうが大きいのかもしれない。節子さんだってすでに七十三歳で、しかも完全な独り暮らしだというのに、いつ行っても家のなかにはチリひとつ落ちていない。なにかといえば自分で台所に立って、お茶やお菓子を出してくれるし、流しでは老眼鏡をかけて、矯《た》めつ眇《すが》めつしながらコップやお皿を丁寧に洗ってゆく。

「目が悪いものですから、自分じゃ少しくらい汚れてても気がつかないんですけど、若い方にそれをお出ししちゃあ、恥ずかしいじゃありませんか」

と節子さんは言うのだけれど、日ごろ八方園の婆さんたちを見ているものにとっては、その気持ちの強さにおどろくばかりだ。

それに比べて、こっちでは善男さんがハッパをかけないかぎり、誰も自分から立ちあがって身のまわりのことをしたりしない。待ち切れなくなったぼくが勝手に動いたりすると、また例の啖呵《たんか》がひびきわたることになる。

「アキラ、このつけあがった婆ぁどもにこれ以上楽させてどうする。コイツら、ほっときゃとことんサボるからな。おまえはまだ見たことないだろうけど、オレが初めのうちどれくらいだまされたかいちいち話して聞かせてやろうか」

するとそれを聞くなり婆さんたちはあわてて大掃除にかかってゆくというわけだ。

もっとも、たとえ大掃除がなかったとしても、婆さんたちのスケジュールはなかなかハードである。

まず、起床時間だけれど、なんと朝六時には全員が一度居間に集まることになっている。ただし、婆さんたちは四時とか、遅くとも五時には目をさましているというので、実はこれはちっとも苦にはならないらしい。つらいのは善男さんとぼくだけれど、夜更かしにつきあわされたようなときは遅刻が認められていて、七時の朝食にまに合えばよいことになっている。

居間に集まった婆さんたちのうち三人は当番で食事を作り、残りの四人は手わけをしてほうきで外を掃いたり、曜日ごとに生ゴミや、リサイクル可能な空き缶・ビン・ペットボトル、それにプラスチックゴミを運びだす。収集場所は八方園の二軒先なのだけれど、家のまえはこのあたり特有の急な坂道になっているので、それに都合九人ぶんのゴミはなかなかの量でもあり、老婆たちの行程は困難をきわめることになる。善男さんとぼくは代わりばんこで食事組と掃除組にはいる。

七時からは朝食。テレビのニュースに文句をつけたり、おしゃべりをしながら、NHKの連続テレビ小説が終わる八時半までかけて、ゆっくり食べる。それからはまた手わけしてあとかたづけや洗濯。それがすんでひと息つくと、天気のいい日は庭で、そうでないときには居間で、善男さんがあみ出した《八方破れ体操》をしてからだを動かす。

昼は、近所の店で買ってきたでき合いのパンやおいなりさんとのり巻き、または蕎麦《そば》やうどんを茹《ゆ》でたので簡単にすませ、二時まで休憩。二時からは散歩をかねて全員で買物。とはいっても、五分も歩けば近所のひとたちしか買いにこないような魚屋や肉屋や八百屋があるのでたいへん便利である。

それだけでは運動不足になるので、付近に点在する公園を二つ三つまわり、休み休み小一時間歩いてくる。どこも道が狭いうえに日当たりも悪く、高い樹もないのでなにを目当てに歩くのでもないのだけれど、老婆たちは不思議とグチもこぼさず、善男さんを先頭に一列になって歩いてゆく。この散歩はぼくにとっても楽しいもののひとつで、毎日変わる道順にそって東京の町並みを眺めては、なるほど人間どうしがこみ合ってつくった街とはこういうものかと思い、塀がないために、家と家がスカスカと離れた札幌のことを思い出したりする。

散歩からもどってひと休みすればもう夕方で、あとはまた手わけをして夕食をつくり、順番にお風呂にはいり、婆さんたちがテレビにむかってああだこうだ言うのを善男さんがからかうのを聞いていれば一日が終わってゆく。もちろん、それからぼくは受験勉強に励むのだけれど、昼中めいっぱい頭を休ませているせいか効率も良く、思ったほど学力は落ちていない気がしていた。

それにしてもおどろくべきは、ここ八方園の生活の安定したリズムであって、なるほどこれでは婆さんたちがボケないわけだ。というより、ボケる暇を与えないといったほうが正確なのだろうけれど、ぼくはあらためて善男さんの実力に感心していた。

しかしながら、物事はなにもかもがそううまくいくわけではない。八方園にも忘れていた危機が、というか招かざる客がやってきた。

その客とは、登志さんの息子の太田久司《おおたひさし》という男で、彼についてはすでに善男さんから説明を受けていたのだけれど、政子さんがいたころから小金をせびりにきていたのが一時エスカレートし、母親である登志さんにむかい、通帳をわたさないと禁治産者にすると言あって脅したことがあったそうである。

そのときは政子さんが登志さんを思いとどまらせてことなきをえ、また善男さんがあとを継いでからは、その強面《こわおもて》に恐れをなしたのかここ四年ほどは姿を見せなかったのが、どうやらこの不況でいよいよ食い詰めたらしく、ぼくが来る少しまえからまたうろうろしはじめたというのだった。

「絵に描いたような最低の男でね。あたしは小さいころから知ってんですけど、ひとりっ子で、それも遅くに生まれたせいかわがまま放題に育っちゃって。ぜんそくがあってからだが弱かったりしたんで親のほうでもかわいがっちゃったんだろうけど、それが中学にはいったときにおとうさんに死なれてからとたんにグレだして、なにかっていやぁ登志さんに手をあげるんだから、こっちは見てられませんでしたよ。それで、中学を出てからもろくに働きもせずに、いつのまにか勝手にどっかいなくなっちゃって、それが二十歳になったころにとつぜん千葉のほうの地主のひとり娘と結婚することになって、しかも養子になるんだから判子をくれって言いにやってきて、登志さんも自分がこれ以上なにをしてやれるわけでもないからって息子の言うなりに判をついて、そのうちむこうの両親があいさつにくるんだろうって待ってたらそれっきり。結婚式にも呼ばれないで、しかたがないからしばらくして手紙をやったらすっ飛んできて、大うなりにうなって、もう親子の縁は切ったんだから二度と手紙なんかよこすなって言われたっていって、登志さん泣いてねえ。そりゃあ、そうですよ。自分のお腹を痛めて産んで、お乳をやって、旦那に早死にされたあとは細腕ひとつで育ててやって、ようやく少しは手がかからなくなったと思ったら、ハイさようならでいなくなっちまうんだから。そのうえむこうで風むきが悪くなったっていやぁ、三十年ぶりだってぇのにいけしゃあしゃあと顔出して、金よこせって。呆《あき》れてものが言えないとはこのことですよ」

そうぼくに教えてくれたのは、八方園で一番おしゃべりの光子だけれど、たしかにその男は彼女のことばどおりの、当年とって五十五歳になるまでの一生を拗《す》ねとおしてわたってきましたという顔であらわれた。しかも、どうやら善男さんが出ていったのをどこかで見ていたらしく、黙ったまま玄関をあがってきたので声をかけると、ちょっとおどろいた顔でぼくを見たものの、これは取るに足らないと思ったようで、顎をななめ右うえにあげて、嵩《かさ》にかかってしゃべりだした。

「なんだい、ここじゃあ自分のオフクロを訪ねるのにいちいち許可でもいるのかい。オレは息子なんだぜ、山田登志子の息子で久司ってんだよ」

「ええ、たしかに聞いておりますが。あの、ご養子に行かれてからずっと音信不通だったという息子さんですよね」

「なんだぁテメエは、なめてんのかこらぁ」

と、むこうはすごんで見せたけれど、ぼくがおちついていたのは、善男さんがそこの角のポストまで郵便を出しに行っただけですぐにもどってくるのを知っていたからだ。誤算があったとすれば、善男さんが帰ってきたのを見ても五十五歳になる拗ね男がひるまないどころか、かえって笑みすら浮かべたことだった。

その笑みは善男さんにとっても意外であったらしく、その拗ね男が少し話したいことがあると言ったので、その場で追い払うことはせずに、居間にとおすことにした。

「べつに内緒でする話でもないんでね。それに、これはオフクロやほかのお婆さんたちにとっても大事なことかもしれないんで、あとキミも、できれば一緒に聞いてもらいたいんだがね」

そう言うと、彼は居間のテーブルの片側を占領して腰をおろし、タバコを出して百円ライターで火をつけた。こちら側のイスには善男さんと登志さんとぼくがすわり、あとの六人の婆さんたちは、うしろのソファーにすわった。壁にかけられた古い柱時計がふたつ鳴って、二時を報《しら》せた。

「まあね、あたしも自分がろくな息子じゃないってことは認めますよ」

時計の音が消えるのを待ってから、その拗ね男はとことんひとをなめ切った口調で話しだした。

「それにここに来た目的が、オフクロから金をせびり取るためであることも認めましょう。自分のオフクロをまえにして言うことでもないけど、あたしはこのひとのことをなんとも思っちゃいませんから。それに、それだってなにもオフクロの年金をよこせっていうんじゃなくて、オヤジの軍人恩給を半分わけてくれっていってるんですからね。いくら養子に行ったたっていっても、それはオヤジの息子としての、あたしの権利ってもんじゃありませんか」

そのことばを聞くと、登志さんはもう両手で顔をおおって泣き出してしまい、婆さんたちは怒ってわめき立てたので、部屋は騒然となった。

「そんなつまらねぇことを聞かせるためにわざわざひとを集めさせるな。このクズが」

善男さんがそう言ってにらみつけたので婆さんたちは黙ったけれど、相手のほうではそれも織りこみずみなのか、まるで平気な様子で、ぼくたちの顔に順に目を走らせていった。

「そういきり立たないほうがいいですよ。後藤さん。後藤善男さんでしたよねえ。あんただってクズってことじゃあ、あたしに負けてないじゃありませんか。先日、と言ってももう四年もまえですが、あなたにはずいぶんな言われようをされたんで、あたしもあなたのことをちょっと調べましてね。そしたら出てくる出てくる、こりゃああたしなんかとは比べものにならない悪党じゃありませんか。あたしは養子に行った先でひどい目にあわされたうえに、女房にはずっと浮気のされどおしでこんなになっちまったんですからね。いくらおたがい欲得づくで結婚したって言っても、立場が悪いのはこっちなんだから、こりゃあやむをえないってもんですよ。ところがあなたときた日にゃあ、なにもかも自分からしかけたくせに、ちょっと風むきが悪くなったらば、うまいこと尻をからげて逃げ出して、ひとりだけこんなところで無事にいい目を見てるんだから。あんたがいなくなったあとの札幌で、残された女房、子どもがどんな目にあってきたか、ちょっとはみなさんにも知っておいてもらったほうがいいんじゃないですかねぇ」

突き出した下顎をカクカクと左右にゆらすしぐさは心底不愉快だったが、善男さんが反論しないので、ぼくも婆さんたちも黙っているしかない。その沈黙をたっぷりと楽しんでから、この五十五歳になる拗ね男はさんざんに尾鰭《おひれ》をつけて善男さんへの悪口を言い散らかし、最後にこうしめくくった。

「だからね、あたしは心配してるんですよ。あんたがやっぱりまえと同じように、なにもかもめちゃめちゃにしたうえでトンズラするんじゃないかってね。だから、これはあたしからみなさんへの忠告だと思ってください。もう金のことはナシにしますよ。これだけしゃべりゃあ、いくらあたしでも少しは気が晴れますからね。はは、みなさん声も出ないようですな。まあ、ひとは見かけによらないという見本ですか。それでは失礼、ご機嫌よう」

それから、この大バカ野郎が出ていくまで誰も罵り声ひとつあげなかったのは、まちがっても語られた内容に圧倒されたからではなく、当の善男さんが黙ったままだったからだ。

それでも玄関のドアが閉まると、もうたまらなくなった光子がかけ出していって、塩をまいた。

「バカ野郎。二度と来るな、この野郎！　畜生！　ふざけやがって、自分のことは棚にあげて好き放題言いやがって、この犬畜生が」

その声におどろいたようで、むかいの細川家の二階の窓から節子さんが顔を出した。あわててぼくは光子をつれもどし、節子さんにはあとで事情を説明に行くからと言ってドアを閉めた。

おさまらない光子は、こんどは善男さんに食ってかかっている。

「あんたもあんたですよ。あんなバカに言われっぱなしで悔しくないんですか」

すわったまま頭をひとかきすると、善男さんは少しうえのほうに目をやった。

「表現はともかく、中身のほうにウソはないんでね」

「そんな昔のことはどうだっていいじゃありませんか」

と、間髪を入れず光子が言った。

「そうとばかりも言い切れませんよ」

「そんなことありませんよ。あたしたちはもう五年もあなたのお世話になってきて、政子さんだってあなたを信用して、自分がいなくなったあとのことは全部あなたにたくして、安心して逝ったんじゃありませんか」

「そうは言っても、いざとなったら自分がなにをどうするかなんてことはやっぱりわからないんでね。こればっかりは、どうしようもないですよ」

善男さんの口調があんまり静かなので、さすがの光子もなにも言えなくなってしまった。ほかの婆さんたちはというと、これはただもう善男さんのことが心配でしかたがないといった顔で一心に見つめている。

それに気がつくと、善男さんはまた頭をひとかきしてからこう言った。

「悪いことはできないもんで、昔の悪事がすっかりバレちまったけど、あんがいいかったかもしんないね。それでも、言われっぱなしで悔しいは悔しいから、厄落《やくお》としに焼き肉でも食いに行きますか。晩飯にはちょっと早いけど、散歩しながらぶらぶらと。今日はおごるから、オレが」

それから善男さんは、いっこうに泣きやまない登志さんをなぐさめていたけれど、いつまでそうしていてもしかたがないので、したくをして出かけることになった。

その焼き肉屋というのは高田馬場の駅まえにあって、ぼくもこれまで二度つれていってもらった。徳次郎さんのころからの知り合いだということで、婆さんたちが噛み切るのに困らないようにといつでも上等のハラミを沢山とっておいてくれている。善男さんの説によれば、老人性のうつ症を治すのに一番手っ取り早いのは、牛肉を食べて力をつけることだそうで、月に一度は買物がてらここまでくることになっていた。

「この狂牛病のご時勢、おまえのように将来のあるヤツはつらいかもしれんが、コイツらみたいにいつお迎えがきてもおかしくない連中にとってこれは天恵だね。発病までに最低でも七年はかかるっていうんだから、それまでにはまちがいなくここにいる全員が三途《さんず》の川のむこう側だからなぁ」

と、ようやく調子を取りもどした善男さんは言い、婆さんたちもほっとした様子で、誰もその不謹慎なもののいいに反論しなかった。

ただし、残念ながらその日は焼き肉は食べられなかった。店がつぶれていたわけではなく、高田馬場の駅で降りたわれわれは、またもとのほうへと歩いて引き返したからだ。

「ちょっと、ごらんなさいよ。今日は六月三十日で、夏の大祓《おおはらえ》でしょ。あそこの神社に茅《ち》の輪《わ》がかかってるから行ってみましょうよ。でも、偶然ねえ。こんな日が大祓だなんて」

下落合駅の先で、電車の窓から通りのほうを見ていた幸枝がとつぜん声をあげた。

「なんだぁ、その茅の輪ってのは」

と、幸枝のすぐまえに立っていた善男さんがきく。

「あら、知らないんですか。茅の輪ってのはチガヤを編んでつくった大きな輪っかで、それを八の字にくぐると厄が落ちるっていう由緒ある行事ですよ」

「くっだらねえ。そんなもんでどうにかなるんなら誰も苦労はしねえよ。オレはあえて鬼神を頼まずの主義だからな、行きたきゃ勝手に行ってくれ」

そう言いながらも結局みんなで行くことになったのは、さすがに婆さんたちだけで行かせるわけにはいかなかったのと、登志さんがぜひ善男さんと一緒にその輪をくぐりたいと言ったからだ。

まだ梅雨は明けていなかったけれど、さいわい青空のきれいな日で、午後三時をすぎても日差しは十分強く、歩くのはなかなかたいへんだった。幸枝が神社の茅の輪に気づいてから高田馬場の駅に着くまでにかかった時間を考えると、明らかにタクシーに乗ったほうがいい距離で、ぼくもそうすることをすすめたが、善男さんが認めなかったのはもちろんである。

「車に乗って厄落としに行くバカがあるもんか。こういうのはね、自分の足で、汗かきながら行ってこそご利益があるってもんなんだよ。だいいち、あんたらみたいな罰当りの婆さんが、楽して厄を落とそうなんて、ずうずうしいにもほどがあるぜ」

「へん、そんな話もいままでだったら黙って聞いてやりましたけどね、どうやらあんたもあたしらと同じ穴のムジナだってわかっちまったんだから、もうこれまでみたいに黙ってばかりはいませんからね。まったく、男ってのは本当にしょうがない。今日は日が暮れるまで何度でも輪をくぐるといいですよ。なんだったら一晩中でもどうぞ」

光子の手かげんなしの言いようがうれしかったのだろう。善男さんは高笑いをし、その笑い声がしんがりを行くぼくのところまでひびいてきた。

二十分ばかり歩いて神社に着いたときには、もう四時を少しまわっていた。

十段ほどの石段をあがり、通りにむかって開かれた境内にはいると、本殿のまえに直径二メートル、太さ十センチほどの大きな輪が立てられていた。刈ったばかりの草で編んでいるようで、青々としたにおいが漂っている。輪の脇には立て札があって、さっき幸枝が言ったとおりのことが書かれていた。

境内には人影がなく、どうしたものかと思っていると、本殿のなかから神主をはじめ、裃《かみしも》を着けた七、八人の年配の男たちが出てきた。

「すみません」と善男さんが声をかける。

「そこの茅の輪をくぐらせてもらいたいんですが。たまたま電車の窓から見つけて、この婆さんたちがどうしてもって言うんで、つれてきたんですが。どうでしょう、かまいませんでしょうか」

「あなたたち、ここの氏子《うじこ》の方じゃないんでしょ」

と、裃を着た男がきいた。

「ぼくら上落合のほうにいるもんですから、こちらの神社とはなにも関係ないんですが。まずいでしょうか」

「いや、くぐるだけならいいんですが、ヒトガタのほうはもうお祓いをすましてしまったんで、まにあわないもんだから」

「ヒトガタ」

「ああ、これ」

と言って、べつのひとりが持っていた大きな盥《たらい》をさし出したので、全員がなかをのぞきこんだ。ひと抱えもある盥には和紙で作った紙人形がいっぱいに入れられていて、胴の部分に墨でそれぞれ姓名が書かれている。

「あら、今でもちゃんとやられてるんですねぇ」

と、幸枝が言った。

「近辺ではここぐらいになってしまいましたが、みなさんの助けを借りて、なんとかつづけております」

烏帽子《えぼし》をつけた神主は、ひとの良さそうな笑顔を見せた。

「善男さんにアキラさん、あなたたちは知らないでしょうけど、このヒトガタに自分の名前を書いて、からだのなかで治してもらいたい場所をこすって、それから息を吹きかけるんですよ。それをこうしてお祓いしてもらって……」

と、幸枝は説明しようとしたけれど、そこから先をどうするのかは知らないようで、ことばにつまってしまった。

すると、盥の脇にいた男が一升壜《いっしょうびん》を取り出し、べつの男が桝《ます》から塩をつかんでヒトガタにふりかけたあとに、うえからそそぎはじめた。

「これは酒じゃなくて水だからね。それでこのあと」

と言うと、まわりにいた男たち全員の腕が伸びて、盥のなかのヒタガタをグチャグチャともみはじめた。水を吸った和紙の人形は見るまに混ざり合って、両手で抱えられるほどのボール状の塊にされてしまい、つづいて持ち出された葦のような草を編んで作った舟のなかに神主の手で入れられた。

「昔はこれを川に流したんですが、今はそうもいかないんで、何日か外に干して乾かしたあとで焼いてしまうんですな。では、われわれはちょっとむこうに行ってきますんで、そのあとで茅の輪のほうも片づけますから、くぐるのでしたら早めにされてください」

そう言うと、神主を先頭にして、袢を着けた七、八人の男たちは本殿の裏に行ってしまった。

「まったく、なんともはやだな」

と言って、善男さんは頭をかいた。

「どうだい、幸枝さんよ。なまじ氏子なんかじゃなくって良かったよなあ。この歳まで生きてきて、ようやくひとりきりになれたってぇのに、ああグジャグジャと一緒にもまれたんじゃ逃げ道ねえもの。いや、今日はいい勉強になった。やっぱり今でも神道はなかなかのもんだわ」

善男さんは茅の輪のまえまでもどり、ぼくらもそれにならって輪のまえに並んだ。

さっきの発言からしてそう簡単に茅の輪をくぐらせるようなことはしないと思ったけ

れど、善男さんは嬉々《きき》としてこう言った。

「ヒトガタはともかく、こっちの輪っかはくぐっとこう。クソ暑いなかを苦労して歩いてきてなんもしないんじゃあ、つまらんもんね。ほれ、神主たちがもどってくるまえにどんどんまわろうや。さあ、並んだ並んだ。ただし、リクエストにより、まず最初はオレと登志さんがくぐるから、残りの婆ぁどもはあいだをおかずにつづくように。それからアキラ、あとはよろしくな」

そう言うと善男さんはぼくにむけて片目をつぶってみせたので、なにをするのかと目を瞠《みは》っていると、ズボンのポケットからジッポーのライターを取り出すなり、輪の一番高いところに火をつけた。そこにライターのなかの液化ガスをふりかけたので、炎が一気に燃えあがった。

「さあ、行くぞ！　急げ、婆ぁども」

呆気《あっけ》にとられたままの登志さんを両腕に抱えると、善男さんは火の輪のなかに飛びこんでから左にまわり、また正面にもどって、今度は右にまわってもとにもどったかと思うと、登志さんを離してすぐそこにいた光子を抱え、同じように八の字を描き、次は幸枝を……、という具合に茅の輪をくぐりつづけた。火は輪のてっぺんから左右に燃え広がったけれど、刈ったばかりで水分をふくんでいるうえにきつく編まれているので、火の手の速度は緩慢で、七人全員がくぐり終わってもまだ三分の一も焼けてはいなかった。婆さんたちは初めのうちこそ顔をひきつらせていたものの、しだいに興奮してきたらしく、しまいには手を打ち出し、善男さんが相手を代えるたびに笑い声をあげた。善男さんは、もちろん最初からハイテンションだった。ただし、最後のほうでは脚も腕もくたびれてきたようで、いくぶんスピードが鈍り、火の進み具合を何度も気にしていた。

ぼくも興奮していないわけではなかったけれど、それよりも神主たちのことが気がかりで、正直に言えば気もそぞろだった。さらに情けないことを言えば、ぼくは火のついた輪をくぐるのが怖くてならず、順番からいって最後にはいることになるのだから、そこを神主たちに見つかったらと心配でならなかった。なにより、ぼくはその自分の臆病さをみんなに見破られやしないかと気が気ではなかったのである。

しかし、善男さんが最後に薫子を抱えてもどってきたとき、気がつくとぼくはもう輪のなかに飛びこんで左にからだをねじり、つづいて右にまわって、瞬く間にもとの位置に立っていた。

「こらぁ、なんてことするんだ」

本殿のほうから怒鳴り声がしたのはその直後のことで、消火器を抱えた神主たちが、叫びながら走ってきた。

輪はすでに半分近くが燃えてしまい、善男さんが蹴飛ばすと地面に倒れたので、消火器を使うまでもなく、足で踏むと火は消えた。

ただし、神主たちの怒りはおさまらず、警察を呼んで放火の現行犯で訴えると言い、善男さんも弁解はせず、ただ火をつけたのは自分なのだから、ぼくと年寄りたちは家に帰すようにと言い張った。

結局、警察が到着するまでは全員がその場に残ることになったが、神主たちの様子では輪をくぐった現場は見ていないようなので、婆さんたちにはぼくが耳打ちしてまわって、そのことは絶対に言わないように口裏を合わせ、それがとおって警察には善男さんだけがつれていかれることになった。

パトカーに乗せられた善男さんを見送ると、婆さんたちはひどく気落ちしてしまった。

ぼくは彼女たちをタクシーに分乗させて八方園までつれ帰り、すぐに有里さんに電話をして事情を説明した。あまりのことに、有里さんもおどろき呆《あき》れていたものの、まもなく彼女の父親である河原弁護士が面会にむかってくれることになったので、婆さんたちも少しは安心したようだった。

善男さんが釈放されたのはそれから六日後だった。河原弁護士の尽力もあって、なんとか起訴猶予にこぎ着けたのだけれど、実際は後藤一郎氏の影響力のほうが大であったということである。ただしこのことは絶対に善男には言うなよと、心配のあまり札幌からかけつけたオヤジにぼくは念を押された。

その晩、オヤジは八方園に泊まり、ここが善男さんの手によって実に良く運営されていることと、彼が入居者である老婆たちから見事なまでの信頼をかちえていることに感心していた。それから、ぼくも手伝ってつくった晩飯をみんなと一緒に食べ、婆さんたちが茅の輪をくぐったときのことを語るのをうれしそうに聞き、ただしぼくもくぐったことを知ったときには、信じられないという顔をした。

そんなことをここの婆さんたちが見逃すはずがない。

「アキラさんはいいおとうさまを持ってしあわせですよ。親はいくつになったって、子どものことが心配でしかたがないんですから。それにいつだって、そのしあわせを願わずにはいられないんですから。だから、本当は善男みたいにテレずに、自分の仕事を見つけるまでのあいだは、親御さんが身を削ってつくってくれた時間やお金を使わせてもらうのがいいんです。もっとも、あたしたちにはそんな力はまるでありませんでしたけどねえ。それにしても善男の父親ってのはどんななのか、一度会ってみたいもんですよ。

どうすればあんなへんてこな子どもができるのか、気になってしかたがないじゃありませんか」

光子のこれまでにない明察を聞きながら、ぼくもオヤジもテレて顔が赤くなった。

ぼくの部屋で二人きりになったとき、ぼくはこのところずっと思ってきたことを、つまり八方園に恵子さんと花ちゃんを呼べばなにもかもうまくいくのに、ということを言うと、オヤジは「それは他人が口を出すことではない」と言ったきり黙ってしまったので、ぼくもそれ以上は話さなかった。

それでも、善男さんが釈放されるのを七人の老婆たちと一緒に警察署の門の外で待ちながら、ぼくはやはりここには恵子さんと花ちゃんがいるべきだと思わずにはいられなかった。

本当はそんなことよりも、一刻も早く善男さんに帰ってきてもらいたくてしかたがなかったのだけれど……。

善男さんがいないあいだ、八方園は静かだった。あとをあずかったものとして、ぼくは買物から食事のしたく、それに体操や散歩までをいつものとおりにこなしていたが、なにをしても盛りあがらず、婆さんたちもやる気がわかないようで、自分の部屋に引きこもってばかりいる。光子は風邪をひいて熱を出し、登志さんにいたっては三日目には布団からおきられなくなってしまった。これがキッカケになって寝たきりになられてはたいへんと、節子さんに診《み》てもらったが、べつに変わったところはないという。

「後藤さんが帰ってくれれば、すぐに元気になるわよ」

と励まされても、とてもおちついてなどいられない。

といったしだいで、この一週間というもの、ぼくは一度として机にむかうことができなかったのだ。こんなことがこれ以上つづいたら、さすがに学力を維持することは難しくなってしまう……。

などと思っていると、するすると門が開き、そこには河原弁護士につきそわれた善男さんが立っていた。

興奮した婆さんたちからにごった桃色とでも形容したくなる歓声があがり、シワだらけ、シミだらけの顔がぱっと明るくなった。半袖の服の先から伸びた腕がたるみごとゆれている。その歓声にこたえるべく、両腕を天にむけてさしあげる善男さんは、かつての青テントのときよりもはるかに自信にあふれているように見えた。

「アキラ、悪かったな。ぜんぜん勉強できなかっただろう。オレもこれまでのあいだずいぶん助かったし、おまえもひととおり見るものは見ただろうから、ほかにアパートでも探せ。どうもおまえがいると思うと安心してハメ外しちまって、またなにをしでかすか自分でもわからんからな」

ほっとした矢先に思いがけないことを言われて、ぼくは涙ぐんでしまった。

「おまえ、気持ち悪い反応するなよな。知らないヤツが見たら誤解されんだろうよ」

と、善男さんは言い、話にならんという顔で横をむいた。

「まったく、善男もつまんないこというんじゃありませんよ」

と、光子が言った。

「そうですよ、よくやってましたよ、アキラさんは。それにまだハメを外し足りないんなら、どんどんやればいいじゃありませんか。あたしたち、火の輪くぐりのつぎはなんだろうって楽しみにしてるんですからね」

と、最高齢の米子さんが言ってくれた。

「男のひとが二人もいてくれるとやっぱり安心ですよ」

と、登志さんも言った。

「オレはねぇ、なにもアキラをオン出そうっていってるわけじゃないんだぜ。ただ、コイツはまだ浪人で、受験生だから、ここでこうしてちゃあ、せっかく受かるもんも受からなくなって困るだろうって心配してるだけじゃねえか」

「じゃあ、あたしたちが協力して勉強時間をつくれるようにすればいいわけね」

と、光子が言い、

「オメエらにそんなことができるのかい」

と、善男さんに突っこまれると、

「もちろんですとも」

と言って胸を張る。みんなもそれに賛成だと言った。

「それならアキラさんだってここに居られるわよね」

と、登志さんにきかれて、黙ってうなずくと、何本もの手がさし出されて、ぼくの両手がもみくちゃにされた。

いつもはふれられたとたんに思わず手を引きたくなるほどひんやりとした婆さんたちの手のひらが、そのときはなんとも心地よく、握られた手にむかってぼくの手から熱が伝わっていくのがわかり、ぼくは初めて彼女たちを身近に感じることができた。そのシワだらけ、シミだらけの顔を順に見つめていると、なぜかそのときだけは、その老いが自分にもやがて確実に訪れるものであることが素直に腑に落ちたのだった。

「まったくしかたがねぇ。おい、アキラ、おまえとにかく勉強してかならず合格しろよな。ただし、これまでどおりこの婆ぁどもの世話もするんだぞ、いいな」

そう言うと、善男さんはうしろも見ずにさっさと歩き出した。そのあとから婆さんたちが一列になってつづき、ぼくは一番うしろからついていく。

まだここに来て三カ月にしかならないのに、自分のまえを行くこの行列がなんとも懐かしく、ぼくは言いようのないしあわせを感じたのだった。

弔いのあと

和代さんが亡くなったのはもちつきをした日の深夜だった。享年七十七。就寝中の脳出血が原因とあって苦しんだ様子もなく、眠っているとしか思えない姿で横になっていた。

発見したのは善男さんだった。老人グループホーム八方園の責任者兼介護福祉士として、善男さんは毎晩午前一時から二時のあいだに入居している七人の婆さんたちの様子を確認にまわっているのだが、そこで異変に気づいたのだという。

「アキラ、アキラ」

小声で呼ばれて目をさますと、薄暗い部屋のまんなかに善男さんが立っている。もっとも、善男さんはいつもと同じぶっきらぼうな顔つきでこっちを見おろしているのだから、なにがおきたかわからないぼくは別段あわてることもなく、ベッドの縁から脚をおろすとともに上体をおこした。スタンドの電気をつけ、枕もとの時計を見るとまだ二時まえだった。

「疲れてるところを悪いんだが、おきてくれ。和代が死んでる」

一瞬で眠気が吹きとび、ぼくは黙って善男さんを見あげた。こんな場面で注釈を加えるのはまどろっこしいうえに不謹慎でさえあるけれど、善男さんの身長は百八十三センチもあるので、ぼくの視線はなかなか目のまえの相手の顔に到達しなかった。有島武郎《ありしまたけお》作『カインの末裔《まつえい》』の主人公はむやみに背が高いところから〈まだか〉とあだ名されるのだが、まさにあんな感じなのだ。それに顔の造作も見ごたえがある。細長い輪郭の中央には鷲鼻《わしばな》が高く突き出し、大きな目はコメカミにむけて急な角度で切れあがっている。悪相とまではいえないが、おいそれとは声をかけがたい迫力があって、良くも悪くも人目を引く顔であることはまちがいない。

ぼくの目がようやく顔に到達すると、善男さんはひと呼吸おき、ぼくの意識が正常に働きだすのを待ってからことばをつづけた。

「死んでから、もう二、三時間はたってると思う。おまえ、検死はできるのか」

「一応できますけど、まだ医師の資格はないから死亡診断書はつくれませんよ」

「そんなことはわかってんだよ。息をしてないし、心臓も止まってて、ゆすってもなんの反応もないから死んでるのはまちがいないんだが、それでも自信がなくてな」

日ごろの善男さんには似合わない弱気なことばを聞き、そこでぼくは完全に目をさました。善男さんは介護福祉士であるうえに医療についてもかなり専門的な知識を持っていて、医学部一年生のぼくのことなど端からバカにしていたからだ。もちろんぼくも実際の検死は初めてだが、頭のなかで教科書をめくって当該事項を呼びおこすと、両手で頬をたたいて立ちあがり、机の引き出しを開けてペン型のライトを取り出した。

ほかの婆さんたちに気づかれないように足音を消してゆっくりと廊下を歩き、階段の手前の部屋にはいる。ドアが閉じられ、いったん暗闇になってから電気がつく。窓際のベッドにあおむけに寝ている和代さんは顔色も良く、表情も穏やかで、薄く目を開けている以外その姿に死を連想させるものはなかった。ただし眼球に光を当てても瞳孔は開いたままだし、呼吸も止まっていて脈もなく、死亡しているのはまちがいない。

ほんの半日まえまでは元気だったのに、死がこれほど呆気ないとは思ってもいなかった。

「亡くなってます」

と、口から勝手にことばがもれる。

「そうだな」

善男さんのそっけない返事に、かえってぼくの感情が刺激される。今の今までちっともかなしくなかったのに、とつぜん涙がこぼれそうになった。

その反応が鬱陶《うっとう》しかったのだろう。善男さんはぼくに泣きだすキッカケを与えまいとするように、小声でことばをつづけた。

「婆ぁどもには、朝になってから教えるからな。大勢で夜中に泣かれたんじゃあ、うるさくてかなわねえ。おまえも自分の部屋でもうひと眠りしてこいよ。それで五時になったら、節子さんを呼んできてくれ。いくら医者だからって、七十五歳の婆さんをこの時間にたたきおこすわけにはいかんだろう。オレはここにいるからよ」

そんなことを言われたって、検死をしたあとひとりになるなど怖くてしかたがない。どうしようか迷っていると、善男さんがにやりと笑う。

「じゃあ、おまえがここにいてくれよ。オレが寝てくるから」

おおあわてで首を振り、ドアのノブに手をかけたが、思い直してベッドのまぎわまでもどると、ぼくは和代さんにむけて一礼した。もちつきでの元気な姿が思い出されて、自然に涙が流れてしまう。もちつきの晩に亡くなるなんて、運がいいんだか悪いんだかわからないが、もちつきのまえに亡くなるよりはずっといい気がした。

八方園では、毎年暮れの二十七日におもちをつく。毎年といっても、それは善男さんがここに住みつくようになってからなので今年で九回目、ぼくが参加するのは二回目だった。去年の暮れに善男さんから二十七日はもちつきだから予定を入れるなよと言われたとき、ぼくはわかりましたと張り切って返事をした。体力に自信はないが、もちつきと聞けば自然に気持ちが盛りあがる。

「そういえば青テントでもおもちをつきましたよね」

つい口をすべらせると、「あら、なんなの、その青テントって」と光子さんがすかさず食いついてくる。善男さんはこのバカといった顔でぼくをにらむとリビングルームから出ていった。善男さんは自分の過去にふれられるのが心底嫌いなのだ。しかし、失敗したと思ってもこうなってはしかたがなく、ぼくは居並ぶ七人の婆さんたちにむかって説明をはじめた。

青テントというのは、善男さんが北大の演劇研究会で芝居をしていたときの劇場のことだ。劇場といっても仮設のテント小屋で、最近はすっかりホームレスたちの住居のカラーとして定着してしまったが、教養部の生協食堂の壁を利用して、鉄パイプで組まれた高さ七メートル、奥行きと幅が十メートルの空間全体が青いシートでおおわれていたことから青テントと呼ばれていた。演劇研究会ではクリスマスをはさんで冬の公演をしたあとで、打ちあげに学生寮から借りた臼と杵《きね》でおもちをつくのが恒例となっていて、ぼくも両親と一緒につきたてをごちそうになったことがある。もっとも、善男さんとぼくはいとこどうしとはいえ十八も歳がちがうので、青テントでのもちつきの光景はごく断片的にしかおぼえていない。それでも、それはなんとも楽しい思い出だった。

「どうりでじょうずにつくわけだわ。あたしはおどろいたもの。善男がここに来てすぐのときに物置で臼と杵を見つけたからおもちをつきたいって言い出してね。男手はひとりきりなんだからせいぜい二臼か三臼だと思ってたら七つつくって言い張って、自分でもち米を買いこんできて、エラそうにあたしたちに指図して、とうとう七つ全部をつき切りましたからね。でも最後には両手のマメが潰れて、おまけに腕もあがらなくなって、おもちは政子さんに口に入れてもらってましたけどね」

まるで自分の自慢話ででもあるかのように誇らしげに語ったのは和代さんだった。政子さんというのは八方園の大家さんで、今から七年まえに亡くなった彼女の遺言にしたがって下宿人だった善男さんが建物を改造し、同じく下宿人だった婆さんたちを引き取ってグループホームとして運営しているのである。

「善男はおもちが好きなのよ。だから、あのときもあんなに怒ったのよ」

そこで口をはさんできたのは八方園の最高齢、当時八十六歳の米子さんだった。

「あのときってなんでしょう」と、ぼく。

「あのねえ、政子さんの三回忌をすませた年のことだから、あれは四年まえなのかしら、それとも五年まえ。まあどちらでもいいんですけど、とにかく善男がここにいるのがすっかり当たりまえになったころのことなんですけどね」

　米子さんはまだ頭もしっかりしていてボケの兆しすらないものの、思考の速度はものすごく遅くなっている。そこでかいつまんでおくと、今から五年まえの暮れに善男さんは沼袋《ぬまぶくろ》にある老人ホームからもちをついてくれないかと頼まれた。婆さんたちがことあるごとに自慢しまくったので、八方園のもちつきは介護福祉士たちのあいだでかなり話題になっていたらしく、ご迷惑でしょうが、どうかウチの施設でも一度やってみたいのでご指導願いたいということになった。善男さんとしては断りたかったのだが、八方園を開いて二年目で今後のつきあいのことを考えたのだろう。二度もつくのは面倒だから、どうせなら全員で出かけていってこっちのぶんも一緒についちまえということになった。

「あたしは反対したんですよ。こう見えてもここのみなさんは人見知りが強くてねえ。それに施設の方たちはきっとボケてしまっているから、せっかくつきたてのおもちを差しあげても食べ方がきたないだろうし、わざわざ寒いなかを出かけていって、そんなのと一緒にされるのはいやじゃありませんか」

　ゆっくりとではあるが、しかしキッパリと言い切る米子さんに、ぼくは呆れてしまった。なにしろ八方園の婆さんたちの食いようといったらないからだ。老人差別をするつもりは毛頭ないが、入歯のうえに顎の力が落ちてくると、どうしたって上品なしぐさで食事をすることなどできはしない。つまり、ふつうに上下に動かすだけでは食物を噛み砕けないために顎は前後左右に大きく動き、そのたびに思い切り歯茎が剝《む》き出される。おまけに口内のあちこちに食べカスがこびりついてしまうようで、口の端から空気を吸ったり、舌で歯の裏のものをこそぎ取ろうとする音がひっきりなしに鳴るのだ。しかも善男さんは卵焼きや高野豆腐といった軟らかくて食べやすいものよりは、より多く顎を動かさなければならないきんぴらごぼうやメンチカツのほうを好むので、食事どきは目をつむって耳をふさぎたくなるようなありさまになる。正直にいえば、ぼくは今でも婆さんたちと食卓をかこむのがつらくてならない。

　沼袋にある老人ホームで善男さんが怒りだしたのはまちがってもそこにいる老人たちのおもちの食べ方がきたなかったからではないし、相手側の応対に問題があったからでもなく、つきそいで来ていた家族のせいだった。

「最初はね、とても楽しかったんですよ。職員の方々も親しげで、あたしたちにも声をかけてくれてね。ホールでだったから、寒さも気にならなかったし。善男も段取りを教えながら、いやがらずに淡々とついてたの。そしたら調子に乗っちゃったのね、どなたかの娘さんなんでしょうけど五十歳くらいのおばさんが、次はあたしがっておもちの返し手をやりたがったの。もうみんなくたびれてて、そろそろ最後にするところだったから、そう言ってくれて助かったような空気にもなったのよ。善男はちょうど一服しに外に出てて、お米がふかしあがるのに合わせてもどってきて、さあつくかってことで杵に手をかけたの。そこで初めて臼の横に控えてるおばさんのことを見たんだけど、そのとたんに『くそ婆ぁ、さんざん香水を塗ったくったからだでもちのそばに寄るんじゃねえ。そんなこともわからねえのか、この大バカ野郎』って怒鳴ったのよ。たしかにそれは本当でね、格好もケバケバしてたし、すれちがったときに安っぽいにおいがしましたもの。でもその方の旦那さんも来てたから、相手も怒っちゃってねえ。職員の方が取りなしてくれて、とにかくその場から出ていったんだけど、すっかりしらけちゃって。あたしたちはあいさつもそこそこに逃げ出してきたの、おもちも持たずに。あとで職員の方がおもちを届けがてらおわびにきてくださったけど、善男はしばらく不機嫌だったわねえ」

いかにも善男さんらしいエピソードをうれしそうに語る米子さんにつられて、ぼくもなんとも痛快な気持ちになった。でも、善男さんは本当はそのおばさんだけではなく、施設の職員たちの様子にも腹を立てていたのだと思う。直接見てもいないのにこう言うのはたいへん失礼なのだが、善男さんは作り笑顔が大嫌いなのだ。そして介護施設で働くひとたちは、たいてい笑みを絶やさない。幼少時からオヤジのうつ病に困り果てた経験を持つぼくとしては、彼らの努力には素直に感心してしまうのだが、善男さんに言わせればあれほどタチの悪いことはないそうで、あんな表情ばかりがはびこると絶対に国が滅びると断言してはばからない。

街でポケットティッシュを配る女の子のことはとくに嫌っていて、まるで相手にしないどころか、思い切りにらみつけることさえある。危ないオヤジと変わらないが、本気でおどかすつもりはないので、大きな目玉をさらに見開き、首を振ってミエを切ってみせる姿には遊びが感じられる。

「いらぁねぇんだよぉ」

と台詞までつくこともあって、善男さんと並んで歩いているとハラハラすることばかりだ。

だから香水のにおいをぷんぷんさせながらおもちにさわろうとしたおばさんはあくまでキッカケにすぎなかったのだと思う。

おおよそ三十分もかかって米子さんの話を聞き終えると、ぼくはひとりでそんなことを考えていたのだが、そこでようやくさっきから気になっていたことをたずねてみることにした。

「あの、それで去年はいくつついたんですか」

「二十はやったわね。年々増えてここのぶんだけでも十臼はあるし、むかいの細川医院の節子さんと、会計を見てもらってる河原さんには伸《の》しもちと鏡もちをさしあげてるから、それにその場でみんなで食べるぶんを合わせるとそれくらいはあったはずよ」

　米子さんの話を黙って聞かされていたので、しびれを切らした和代さんが間髪入れずに答えてくれる。

「ひとりで二十もついたんですか」

「いくら善男でもひとりじゃ無理よ。二、三年まえからは節子さんの知り合いの留学生たちが四、五人手伝いにきてくれててね。それに隣近所で手伝いがてら自分のところのおもちをついていくひともいるから、八人くらいはついたのかしら。でも善男以外はすぐにくたびれちゃうし、へんなおもちになっても困るから、なんだかんだいってやっぱり善男が十二、三はついたわね。アメリカの黒人さんとかからだの大きなひともいたからけっこう助かるかと思ったんだけど、へたくそでねえ。おもちってのは力まかせについちゃダメなのよ。昔話のとおりでぺったんぺったんっていうのがいいの。それがただ力いっぱいに振りおろすからおもちを突き抜けて臼をたたいちゃうのよね。カーンっていい音をさせて得意になってるんだけど、お米はちっとも潰れてないわけ。その点善男はじょうずね。あたしたちは子どものころにさんざんもちつきを見てるでしょう。だから音を聞けばすぐにうまいへたはわかるし、おもちにはうるさいですからね。それがあの光子ですら文句ひとつ言わないで、黙って押しいただいてから口に運んでるんだから、やっぱり善男はたいしたもんなのよ」

二十臼ぶんのおもちというのは、いったいどれくらいの量なのだろうか？

ようやく自分の番がまわってきたと調子に乗ってしゃべりまくる和代さんのことばも耳にはいらないほど、ぼくは困惑していた。百八十三センチの長身で、運動神経も抜群の善男さんとちがい、ぼくの身長は百七十センチ足らずで、百メートルを走るのに十八秒もかかる。筋肉などあってなきがごとしだ。なにか理由をこじつけて札幌に帰省してしまおうかと思ったが、あいにく両親は年末年始で恒例のハワイ旅行に行くことになっている。

恐れていたとおり、ぼくはもちつきの日に大恥をかいた。ふかしあがったもち米を臼のなかでこねただけで腕がまいってしまい、杵をまともに振りあげることすらできなかったのだ。自分の情けなさを承知でいえば、ぼくだって一度や二度もちつきをしたことはある。しかし、善男さんが自分の力に合わせて特注したという杵はおどろくほどに重く、おまけに臼も大きくて、そのぶん一度につく量も多くなるからものすごく疲れるのだ。

振りおろすたびに手がしびれ、それでもなんとかひと臼くらいはと思っていると、善男さんに杵を取りあげられた。

「オメエみたいにチンタラやられたんじゃあ、いつまでたっても米がもちにならねえじゃねえか」

どやされて縮みあがっていると顔の横を杵がかすめ、ぼくは涙目になって臼のそばからあとずさりした。もっとも、みんなはぼくのことなど気にも留めず、打って変わって空高くから勢いよく振りおろされる杵の動きに見ほれている。よいしょー、よいしょーとかけ声もかかりはじめ、ひっきりなしに沸かされているお湯と人々の熱気とで、じっとしていても汗ばむほどだった。暮れの二十七日でそれなりに寒かったけれど、八畳ほどの広さの庭に二十人もが肩をくっつけ合うようにして立っていたのだから、その暑さも当然なのである。

婆さんたちはお米をふかすのに四人、臼のなかのおもちを返すのにひとり、つきあったおもちを伸すのに二人とそれぞれ配置についていて、いつもはなにをするにもああだこうだともめるのが、この日に限ってはときどき役割を代わりながら見事にことを進めていく。もちろん一番人気はおもちを返す役だ。ひとつつきあがって善男さんが庭の隅でタバコを吸っているあいだに代わるのだが、ひと仕事おえて頭から手ぬぐいを外した婆さんたちの顔は見ちがえるほど血色が良くなっている。つぎの順番の婆さんは、まるで巴御前《ともえごぜん》もかくやといった凛々《りり》しさで（これは婆さんたちのお気に入りの形容なのだ）臼の脇に控えている。

「和代さんも元気だねえ、来年は七十七歳になるんだろ。臼に顔を突っこんで死なれても困るから、区切りもいいし、今年で引退にしようか」

一服すませ、ふたたび杵に手をかけた善男さんにからかわれても、和代さんは黙ったままませいろでふかされたもち米が運ばれてくるのを待っている。彼女たちにとってもちつきは子どものころからつちかってきた自分の技量を見せる晴れ舞台で、みんなの手まえ、善男さんと呼吸が合わなかったり、水かげんをまちがえてできの悪いもちにするわけにはいかないからだ。それがわかっているので、善男さんもいったん杵を持つと実に真剣に、またいっときも休むことなくもちをつき切る。リズムが狂えば相手の手を潰してしまうかもしれないのだし、躊躇があればいいおもちにはならないのだから、おたがいが信頼し合っていなければならない。二十人ほどしか見とどける者がいないというのに、それは本当に見事なパフォーマンスだった。

ただし、昔の善男さんを知っているぼくにとっては、その光景に見ほれながらも、こんなところでこんな婆さんたちを相手に善男さんの全身全霊がつかい果たされてしまうことがなんとも理不尽な気がしてならなかった。

そう思っていたのはぼくのほかにもうひとりいて、それは八方園の経理を見てくれている河原有里さんだ。彼女はぼく以外で唯一役者後藤善男の芝居をみていて、ぼくと同様いつまでたっても彼の転身が納得できないようなのである。そういった気持ちは外からでもありありと見て取れるものらしく、善男さんはそれならこうしてやるとばかりにわれわれを引っ張り出した。

「ほれ、いつまでもぼさっと見てねえで、若い者二人でついてみな。アキラももう手のふるえが止まっただろうからな。昼飯まえの余興にはちょうどいいや」

そのことばにどっと笑い声があがったのだが、有里さんがぼくをにらんだ目つきはいまだに忘れることができない。三十歳になる未婚者で、ひそかに善男さんに思いを寄せている彼女としては、十歳以上も年下の小男とひとからげにされたことがよほど心外だったのだろう。ぼくにしても、いくら善男さんにかなわないことがわかっていたとはいえ、男として格下に見られることがこれほどいやなものだとは知らなかった。

われわれは庭の中央に引き出され、ぼくは杵を握りながら「よろしくお願いします」とあいさつをし、有里さんも「こちらこそ」とこたえてくれた。しかし、二人の息はいっこうに合わなかった。こねるところまでは善男さんがやってくれていたけれど、ぼくは杵を振りあげるのに精一杯でリズムなど作りようがないのだし、有里さんは有里さんで文字どおり手ぎわが悪く、おもちが手にくっついて、せっかくぼくが杵を振りあげても臼のなかから手が抜けないのである。

「ダメよ、まだ」

「うっわあ、早く手をどけて」

といった悲鳴が何度もあがり、善男さんも、

「おい、もうやめろ。余興としての役目は十分に果たした。これ以上やると婆ぁどもがショック死しちまうぞ」

と止めにはいろうとしたが、有里さんとぼくは執念でもちをつきあげた。もちろんできは最悪で、米粒が残っているうえに水気も少なすぎて、ひと塊になったおもちはちぎることすら容易にはできず、包丁で小さく切ってかきもちにするしかなかった。

恥をかきはしたものの、ここで引きさがるわけにはいかない。以来ぼくは雪辱を期して筋トレに励んできた。その成果で、今年はかなりスムーズに杵をふるうことができた

と思う。善男さんのついたものには遠くおよばないが一応おもちらしくはなっていて、婆さんたちも食べてくれ、これなら十年後にはどうにかなりそうねなどとお愛想を言ってくれた。

「おいおい、おまえらまだ十年も生きるつもりなのかよ。いいよ、無理しねえで。なんだったらほれ、今ここでアキラがついたこのもちをノドに詰まらせてくれたっていいんだぜ」

善男さんから悪態をつきまくられても無事に役目を果たし終えて安心した婆さんたちはニコニコとおもちを口に運び、和代さんも好物の納豆や大根おろしをからめたおもちでおなかをいっぱいにしていた。本当に、その晩に亡くなる兆候などまるでなかったのだ。

眠れないまま一夜を明かし、五時になってかけた電話で事情を説明すると、節子さんは厚手のセーターのうえにダウンジャケットを着て、毛糸の帽子で耳まで隠して検死にやってきてくれた。

自宅で死亡した場合はそのままだと変死あつかいになって、形式的にとはいえ警察がはいることになる。また、あわてて救急車を呼ぶと、かならず心臓マッサージが行なわれる。家族のひとたちはおどろいてしまうのだが、死後二、三時間なら心臓マッサージで一時的に心搏《しんぱく》をおこすことができるのだ。そのまま病院に運び、そこであらためて医師の立ち会いのもとで死亡を宣告されることになる。

これは法律上の手続きを簡略にするための裏技なのだが、善男さんがそんなインチキに黙ってしたがうはずもないので、容体が急変したとの連絡を受けて節子さんが臨終に立ち会ったということにしてくれる。また節子さんは善男さんに指示をして、和代さんの腹部を押し、残っていた便と尿を取り除かせた。吸引器で痰《たん》も吸い出しておく。こうしておかないと、筋肉の弛《ゆる》みにともなって便や尿が自然に排泄《はいせつ》されてしまう。

最後にのどに綿を詰めて遺体の処置を終えると、ぼくは自宅にもどる節子さんを送っていった。ストーブをつけても部屋はすぐには暖まらず、節子さんはダウンジャケットに毛糸の帽子という格好のまま、居間のテーブルで死亡診断書を書いてくれる。

朱肉が乾くのを待つあいだに、ぼくが和代さんから異状を感じることができなかったと告白すると、節子さんも「わたしもわからなかったわ」と応じてくれた。

「偏頭痛でもあればくも膜下出血を疑ったりもできるけど、こういった自然死に近い場合に兆候を見つけるのは不可能というしかないのよ。わたしだって和代さんと半日も一緒にいたのになにも異状を感じなかったもの。集中治療室で心電図や脳波をチェックしてたって異変を予測することはできないんだから。七十七歳なんだし、大往生っていうしかないんじゃないかしら」

淡々と語られる内容を頭に入れながら、ぼくは善男さんはどう思っているのだろうと考えていた。今のところは平然としているが、婆さんたちとの関係はぼくとは比べものにならないほど長く濃いのだから、大きなショックを受けていても不思議はない。そして、節子さんも同じことを考えていたようだった。

「こんなことは後藤さんに言っちゃダメよ。あのひとはめったにいないステキな男性だけど、なんていうか世のなかに打って出るにはほんの少しだけ線が細いのね。自分がずっと面倒を見てきたひとの死を客観的に語られたりしたら、いくらわたしでも怒られちゃうわ」

ぼくは黙ってうなずいた。たしかに善男さんにはそういったところがある。つまり、あまりにわがままでないのだ。もし彼が天性の役者であれば、身近な人間の死に強く動かされつつも、どこかでその経験を自分の芸に活《い》かしてしまうだろう。本人は無意識だとしても、やむをえずそうなってしまうのではないか。ところが善男さんは絶対にそれを拒否する。厳密にいえば感情を表現にまで高めるのは一回きりで、くり返すことはしない。その潔癖さをどう解釈すればいいのか、ぼくのような凡人には到底わからない。

「おむかいさんとして、後藤さんのがんばりはよくわかってるつもりだけれど、きっとこれからのほうがたいへんなんじゃないかしら。これまではお婆さんたちのお尻をたたいてどうにかこうにか元気にやってこられたわよ。でも、どうしたって歳には勝てないんだから、ボケたり、半分寝たきりになったり、亡くなることだってあるわよね。後藤さんをみくびってるわけじゃないけど、ひとが弱ったり、亡くなっていくだけの場所で働きつづけるのは想像以上に難しいことなのよ。末期患者をあずかるホスピスでは患者さんたちよりも医師や看護師の精神状態のほうが脆《もろ》くなりやすいのはあなたなら知ってるわよね。ひとりめはまだいいの。それが二人三人とつづいてくると、どんなに気持ちのバランスが取れているひとでもまいっちゃうのよ。お金目当てならまだしも、後藤さんみたいに四六時中一緒に暮らしながら何人ものお年寄りの最期をみとっていくっていうのは本当にたいへんなことだと思うわ。かく言うわたしだっていつお迎えがきてもおかしくないんだから、万一のときはあなた方に迷惑をかけるかもしれないけどね」

浪人中に英会話の相手をお願いしていた関係で、困ったことがあるとぼくは節子さんのところへ相談に行く。四月に東京医科歯科大の医学部に入学してからは、折を見てさまざまなアドバイスをしてくれるようになった。そのせいでつい忘れてしまいがちなのだが、節子さんだってすでに七十五歳なのだし、十年まえに夫を亡くしてからはずっと独り暮らしをつづけている。もっとも、三十歳のときに生まれたひとり娘がアメリカにいて、むこうで博士号を取得した娘さんは韓国人の夫と一緒にマサチューセッツ工科大学に勤務している。早くこっちに来てよと言ってくれているのにその気がないようなのは、きっと節子さんも八方園のそばにいるのが楽しいからなのだと思う。

といったわけで、この界隈《かいわい》の平均年齢は極端に高い。おまけに近所にいる子どもの数はそう多くはない。

「そうですよね。やっぱりひとが亡くなっていくだけっていうのは不自然ですよね」

とこたえながら、ぼくは札幌にいる恵子さんと花ちゃんのことを考えた。

恵子さんは善男さんの元妻で、花ちゃんは二人のあいだに生まれたひとり娘だ。今年で十二歳になる。八方園で暮らすようになってから、ぼくはそれこそ毎日のように、ここに恵子さんと花ちゃんを呼び寄せて善男さんとやり直せばいいのではないかと考えてきたのだが、離婚から十年近くが経過した今となってはもはやあきらめるべきことなのかもしれない。もっとも善男さんに女っ気が皆無なのは、恵子さんたちへの責任を全《まっと》うしようという意志ともとれる。結婚に失敗したからといって、そこまで自分を殺さなければならないのかどうかはともかく、いくら善男さんでもすでに三十八歳となっては選択肢は限られてくる。このまま八方園の婆さんたちだけを相手にしながら自分の一生を終えてもいいと、善男さんは本気で考えているのだろうか。

そんな思いにとらわれているあいだに節子さんは死亡診断書をたたんで封筒に入れ、こんな警句をそえてぼくに手わたしてくれた。

「大丈夫よ。人間の一生は当人の思いどおりになんかならないから」


和代さんが亡くなったのは十二月二十七日の深夜だったので、近くにある区営の葬儀場に連絡すると、火葬は早くて年明け六日だと言われた。焼き場も葬儀場も三十日まで操業しているのだが、すでに予約でいっぱいだし、大晦日《おおみそか》と正月三日まではさすがに休む。ただし一週間も遺体を自宅に置いたままではたいへんだろうから、希望があればあずかって冷蔵しておいてくれるという。

日程は決まったし、遺体の保管の問題も解決してよかったですねと報告すると、善男さんはまるで不機嫌になって返事もしないまま自分の部屋に引っこんでしまった。

和代さんの身内は、今年五十歳になる娘さんがひとりいるだけで、結婚後はずっと栃木県の黒磯《くろいそ》で暮らしている。地元で酒店を営んでいる夫とはあまりうまくいっていないようだし、子どももなく、婆さんたちから聞くかぎりでは、和代さんの娘さんはもう人生になにも期待していない中年女性という感じだった。事実、善男さんが電話をかけておかあさんが亡くなったと報せても、暮れの忙しいときでもあり、飛んでいきたいのはやまやまだけど、元日の夜まではどうにもならないと言うだけだったという。葬儀のこともできればそちらにお願いしたいというくらいだから、きっとお墓にも入れてくれないのだろう。

いつもなら、ここぞとばかりにおたがいの身内の薄情さをあげつらう婆さんたちも、亡くなってまでこうなのかとさすがに気持ちがしずんでいる。朝ご飯のしたくが遅くなり、九時すぎになってようやくテーブルについてもいっこうに食欲がわかないようだった。

「おせち料理はそのまま準備しててていいのかしらねえ。黒豆はもう煮はじめてるし、数の子も塩抜きをしなくちゃいけないから、今日のうちにはどうするか決めないと」

といった話をしていると、善男さんがノートパソコンを抱えてリビングルームにもどってきた。

「よおし、これでＯＫだ。いいか婆ぁども、手わけして今日中におせち料理を作っちまえ。いくら和代が死んだからって、せっかくついたもちやおせち料理を無駄にする手はないからな。鏡もちは隠しておいて、明けましておめでとうを言わなきゃいいだけのことだ。それとだ、明日は朝から遠足だ。マイクロバスを借りて、まず黒磯まで行って、そのまま秩父《ちちぶ》にまわって一泊する。温泉にはいって、晩はドンチャンさわぎだ。翌朝一番で和代を焼いてもらえば、これで安心して年を越せるって寸法だ。アキラは葬儀屋に連絡して一番安い棺桶《かんおけ》とドライアイスを持ってきてもらってくれ。そのあとで行ってもらいたいところがあるんだが、予定はないよな」

なにがなんだかわからないまま、婆さんたちは大急ぎで食事をすませると、それぞれの持ち場にむかった。善男さんとの長年のつきあいから、彼女たちはこういった場合にはただ黙ってしたがうしかないとわかっているのだ。ぼくも縁側に出て携帯電話で葬儀屋に連絡をすると、あとの指示を受けるためにリビングルームにもどって善男さんのまえに立った。

「これから秩父の市役所まで行ってくれ。和代を遺体のままで年越しさせるのはさすがに不憫《ふびん》でな。どうにかできないかと思って、ネットで調べて片っ端から当たってみたら、秩父市の火葬場があさって三十日の午前九時から焼いてくれることになった。ただし葬儀会社を仲介してないから、死亡診断書を持って直接手続きに来てくれって言うんだな。おまえひとりじゃ不安だから河原さんにも一緒に行ってもらうことになってる。時間は二人で決めてくれ」

短時間でよくこれだけの段取りをつけたものだと、ぼくは感心してうなずいた。宿泊場所は秩父郡荒川村にある村営の山の家を予約したという。そこならひとり三千円ですむし、その日の客はわれわれ一行だけだというから、和代さんの遺体を運び入れても文句は出ない。

「いくら薄幸で薄情な娘さんでも、自分を生んでくれた母親にひとこと別れを言うくらいの権利はあるさ。レンタカーのマイクロバスに婆ぁどもを乗っけて、明日はまず黒磯まで行って母娘の最後の対面をさせてやれば、和代も満足だろう。あとはこっちの好きにさせてもらう。強行軍だからうまくすればもうひとりくらいくたばってくれるかもしれん」

得意げに話す善男さんの行動力におどろきながらも、ぼくはとっさに浮かんだ疑問を口にした。

「お坊さんはどうするんですか」

「アキラ、おまえは本物のバカか。コイツらのなけなしの金で役立たずの坊主をもうけさせてどうする」

「でも」

「デモをやるならいつでも呼んでくれ。アジるのはオレにまかせろ」

「いや、そうじゃなくて」

「あいつらに墓はない。くそ婆ぁどもは、どいつもこいつも碌《ろく》でなしか、さもなきゃ運の悪いお人好しとばっかり結婚しやがったんで、つまるところ墓をこしらえる余裕なんてなかったんだな。仏壇を持ってるヤツだっていないし、嫁に行った女は田舎の墓には入れてもらえねえだろう。生きてる兄弟でも捜し当てて、死にましたからっていきなり骨壺《こつつぼ》を押しつけても、無縁仏あつかいにされるのがせいぜいだろうよ。政子さんの厚意で、多磨霊園にある白川家の墓所に入れてもいいことになってるんだが、そこまで迷惑をかけるわけにはいかん。骨はあいつらの故郷の山や海にまく。ここの庭にも少しはまいてやる。和代は弘前《ひろさき》だから岩木山だな。弔《とむら》いはオレがやる」

そうまで言い切られては、もはやぼくごときが口出しできるわけがない。有里さんに電話をすると、和代さんにあいさつしたいと言うので、ここに来てもらってから一緒に出かけることになった。彼女も善男さんに負けず劣らず段取りをつけるのが早く、もう秩父行きの特急列車を予約してあるという。

夜が明けてからは、和代さんの遺体はリビングルームに寝かされていた。ビールのケースを並べたところに畳を敷き、白い布をかけて祭壇にしたてたのは、もちろん善男さんだ。からだにはタオルケットがかかっていて、胸には和代さん愛用の編み針が置かれているけれど、顔はそのままにされている。死後硬直が進むにつれて瞼が縮み、眼球が半分ほどのぞいている。なによりロウソクの灯もお線香の煙もないのが異様だった。

「あのねえ、お灯明《とうみょう》とお線香っていうのは……」

リビングルームに入って和代さんの遺体を目にすると、有里さんは呆れ果てたという声を出した。

それはぼくも善男さんに諫言《かんげん》したことだったので、彼の主張したところを告げたあとは黙ってしたをむいているしかない。善男さんは文句を言われるのがわかっているので、自分の部屋に隠れている。

善男さんの理屈によれば、お灯明やお線香もふくめ、喪における一切の宗教的行為は、死者を生きていたときとはべつの存在にしつらえようとするところからおこる。つまり死になんらかの解釈を与えるわけだ。善男さんはそれを認めない。

「和代は死んじまったんだから、まずは肉体の変化としてそのことをきちんと感じてやるべきだろうよ」と言って、ぼくがコンビニで買ってきたお線香とロウソクを返しに行かせたのだった。もちろん死化粧などするはずもないし、瞼もあまり無理には閉じなかったのだろう。

「だいいち、もちゃおせち料理に線香のにおいがついたんじゃあ、和代の最後の苦労がだいなしだぜ。生きてるヤツは、死んだヤツにへんな義理立てしねえで、メシを旨《うま》く食うことを考えてればいいんだ」

婆さんたちは、善男さんが決めたのならそれが一番なのだといったふうで、それどころか和代さんが亡くなったことなど忘れたように嬉々として旅行のしたくをしている。全員で遠出をするのは初めてなのだ。

しかたなく有里さんは手を合わせようと和代さんに近寄ったが、善男さんのねらいにはまってしまったのか、遺体を見つめたまま身動きができなくなり、五分近くも立ち尽くしていた。

「悔しいけど、あいつの言うとおりなのかもね。薄く目を開けていられるだけでものすごく緊張したわ。入歯もはまってないから口もへんにへこんでるし。死が剝き出しになってる怖さなのかしら」

池袋駅で特急列車の窓側の座席に腰をおろすなり、有里さんはいまいましそうに言った。

「角膜の提供を断っといてよかったぜって、善男さんは言ってましたけどね」

「なにそれ」

「アイバンクってあるじゃないですか。亡くなったひとから眼球を提供してもらって治療に役立てるっていうのが。あれは臓器移植ほどではないけど、やっぱりできるだけ摘出が早いほうがいいんで、提供者が亡くなったのがわかるとすぐにやってきて眼球を抜いてしまうんです。献体までされているときは腎臓とかの摘出もあるんで遺体ごと持っていってしまうんですけど、眼球だけのときはその場でプラスチックの玉と入れ換えるんです。へこんでるとやっぱりへんだから」

「そうなの」

「善男さんは嫌いなんだと思うんですよ、そういうの。断ったはずのアイバンクの方からもう一度考えてみてくれませんかって電話があって、見えねえヤツは見えねえままでいいじゃねえか。他人の目をもらうより、見えないまんまどうにかこうにか暮らすってやり方でいいだろうよ、って怒ってたことがありましたから」

それからぼくは、善男さんが大学二年生のときにおかあさんを交通事故で亡くした話をはじめた。といっても、ぼくはまだ一歳半の赤ん坊だったので、当時のことはなにもおぼえていない。オヤジもオフクロもこの方面のことでは口が堅く、ぼくが詳細を知ったのは伯母さんの十三回忌の席でのことだった。

きかれてもいないのにこんなことを話す気になったのは、有里さんに善男さんのことをもっと正確に理解してほしかったのと、二人で並んですわっているのがテレくさかったからだ。

善男さんのおかあさんの後藤秀子《ひでこ》さんは、今から十八年まえに車でお茶の稽古に行く途中、居眠り運転のダンプカーに追突され、死亡した。方南通りの事故現場に救急車が到着したときにはまだ息があったが、病院に搬送されてからおよそ三時間後に心臓が停止し、それ以上の延命措置はとられなかった。意識不明のまま、伯父さんの声にも目を開けることはなかったという。

もちろん伯父さんは事故の一報を受けるとすぐに札幌にいる善男さんのアパートに電話をかけたがつながらない。まだ携帯電話はなかったのだ。つづいて伯父さんは妹であるぼくの母親に電話をかけた。母はぼくを負ぶったまま北大構内を捜しまわったが善男さんはどこにもいない。演劇研究会の仲間たちと富良野で合宿をしたあとに女の子と二人、車で道東を遊びまわっていた善男さんに連絡をつけるのには丸二日もかかり、善男さんが葬儀の行なわれる寺にかけつけたのはお通夜の日の夕方だった。善男さんたちがどこに行ったのかは友人たちにもわからず、大蔵省の役人だった伯父さんが道警に頼みこみ、スピード違反を取り締まっていたヘリコプターが善男さんの運転する車を発見したのだ。その場でヘリに乗せられて、女満別《めまんべつ》空港から飛行機で羽田にむかい、ものの三時間で善男さんは摩周湖《ましゅうこ》畔から堀ノ内のお寺に到着した。しかしそこに伯母さんの遺体はなかった。伯母さん自身のかねてよりの希望で、司法解剖後は献体のために大学病院に送られていたからだ。

伯母さんの献体にはぼくのオヤジが関わっていて、そのことは長年にわたってオヤジのなかでもわだかまりになっていた。

「あの件では悪いことをしてしまってね。亡くなる一年ばかりまえに義姉《ねえ》さんから遺言書を作りたいって言われて、健康でも自分の財産のあるひとにはめずらしいことでもないから引き受けたんだが、実は献体をしたいって言うんだね。おどろいて理由をきくと、子どものころはからだが弱くてよく医者にかかったのと、ろくに働きもしないで楽に暮らしている人生で、少しは社会の役に立ちたいって言うんだ。きっとなにか不安なことがあって急に思いついたんだろう。義兄さんも承諾しているのかってきくとことばをにごすから、亡くなるとしてもまだまだ先のことだし、あとに遺された者にも影響を与えることだから、もう一度ゆっくり考えてみたらとすすめたんだけどかたくなでね。後日作り直せばいいやってとりあえず文書にしたらああいうことになってしまったんだ」

そこでオヤジはうつにはいり、三十分近くも黙ったままだった。

「それにしても、あの晩はたいへんだった。義兄さんは善男を見るなり思い切り殴ったからな。善男は善男で一発は受けてやるつもりだったんだろうけど、遺体がないと知ると、もうどうしたらいいかわからなくなったんだろう。そのままいなくなって、夜中に新宿署からトラ箱であずかってるから引き取りにこいって連絡があってぼくがタクシーで行ったんだが、酔っ払ってチンピラにケンカをふっかけたんだね。両手とも指の骨が何本も折れていて、本人がいうには殴った勢いで折れたんだそうだ。もっとも顔も腫れあがってたから、かなりやられてもいたんだと思う。ひとり息子で義姉さんに溺愛されてきたんだし、気持ちはわからないわけじゃない。ぼくにはとてもやれない無茶で、そのエネルギーには恐れいったが、やはり残念だったよ」

その後の善男さんの人生には、今回の和代さんへの対応もふくめて、母親をそうしたかたちで亡くしたことの影響が強く反映しているのだと思う。

「絵に描いたような憂さの晴らし方ね、お金持ちのボンボンの。それがあそこまでしっかりした人間になったんだから、苦労も無駄じゃなかったってことかしら。でも、困っちゃうわよね。きっときれいで賢いうえによく気のつくおかあさんだったんでしょ。ステキなおかあさんっていうのも良し悪しね」

有里さんは、彼女にしてはめずらしく、皮肉たっぷりな口調で感想を述べた。

「あなたのおかあさんもそうなの？」

「いや、ウチのオヤジは同じ弁護士でも河原さんのおとうさんとちがって極端に稼ぎが悪かったんで、オフクロは高校の教員をしてたから忙しくてご飯も手抜きばっかりで。

洗濯するのも一日おきだったし、家は広いんですけど、いつでも散らかってる感じで」

どぎまぎして話すぼくを有里さんは横目で眺め、「あなたのほうが幸せだったたってことね」と言ったあとは黙ってしまった。

年末年始の休みにはいっているせいか、車内にはカップルが多かった。都心から特急で二時間ほどの距離にある観光地にむかうとなれば彼らの目的は決まっているわけで、ぼくがとなりにすわる年上の女性との関係が急転することを期待していなかったといえばウソになる。それどころか、列車が山あいにはいるにつれて興奮は高まり、有里さんに下心を見抜かれないかと、そればかりが気になっていた。

秩父駅まえから乗ったタクシーが旅館の看板を左右に見ながら進んでいくあいだも、ぼくはあらぬ期待に胸をおどらせていた。

もっとも、有里さんのほうでは、ぼくなど端から眼中になかったことは言うまでもない。タクシーから降りると、有里さんはぼくに一瞥《いちべつ》もくれることなく真新しい市役所にはいっていき、用件を告げて係の男性を相手に交渉をはじめた。

縁故のない土地の焼き場を借りるというのは法律上は可能でも異例のことらしく、許可は出してしまったものの市役所のほうではとまどいを感じていたようなのだが、有里さんは笑みを絶やさずテキパキと受け答えするのでぼくらはすっかり信用を得た。

帰りの列車では、昨夜ほとんど寝ていないぼくはいつのまにか熟睡してしまい、目がさめるともう池袋駅に着いていた。有里さんは途中の所沢《ところざわ》駅で新宿行きの電車に乗り換えることになっていたのだが、彼女が降りたことにすら気づかず、むこうもぼくをおこしてくれなかったことがなんともさみしかった。

午後四時すぎに八方園にもどると、婆さんたちはおせち料理のしたくをしたり、明日の用意をしたりしていた。善男さんは、昼すぎにマイクロバスを借りる手続きをしに行ったままもどってこないという。そこに葬儀屋さんが棺《ひつぎ》とドライアイスを持ってきてくれたので、二階の和代さんの部屋に置いてもらう。しばらくすると善男さんから電話があって、車の手配はすんで、いま買物をしているところだから迎えにきてくれと言われ、ぼくは自転車に乗って最寄りのスーパーにかけつけた。

その晩の八方園は、同居人が亡くなったばかりとは思えない陽気さだった。善男さんは牛肉と焼酎を大量に買いこんできて、ぼくらは焼肉を思う存分食べた。もちろん和代さんのまえにも肉を山盛りにしたお皿と焼酎のつがれた杯が置かれた。肉を焼いた煙とアルコールをたっぷりふくんだ空気のせいで、和代さんの肌もつやつやしているように見える。

「いいか、明日は朝六時出発。車で長時間移動するうえに、夜は秩父で文字どおりお通夜で宴会だからな。今夜はしっかり休んで明日にそなえろよ。くたばったヤツはちょうどいいから和代と一緒に焼いちまうからな。それから、各自出し物の用意を忘れるなよ」

　善男さんのことばに送り出されて、婆さんたちは二階にあるそれぞれの部屋にもどっていった。八時まえだったが、長い一日がようやく終わり、思わず大きなあくびが出た。電車のなかで寝たといっても小一時間で、まだ寝足りなかったのだろう。それでも、あまりに不謹慎な気がして遺体に顔をむけると、和代さんはあいかわらず半眼のまま横たわっていて、ぼくのからだは固まってしまう。

「アキラ、今日はご苦労だったな。和代はオレが見てるからおまえも二階にあがっていいぞ」

　その声に振りむくと、善男さんがシュラフを抱えて立っている。

「すみませんがおことばに甘えさせてもらいます」

　そう言ってぼくが二階にあがろうとすると、布団を抱えた婆さんたちがぞろぞろと降りてきた。どうやらみんな善男さんと同じく、和代さんのいるリビングルームで眠るつもりのようで、降りてきた順に布団に包《くる》まって目をつむっていく。その輪に加わりたくもあったけれど、やはりぼくは遠慮することにしてひとりで部屋のベッドに横になった。

余裕をもって五時に目ざまし時計をセットしておいたのに、パジャマのまましたに降りたときには婆さんたちはもうみんなでお弁当のおむすびを作っていた。善男さんはレンタカーの営業所まで車を取りにいったという。お弁当を作り終えると、婆さんたちは着替えのために二階にあがってゆき、三十分ほどすると全員が黒い着物に着替えて降りてきたのでおどろいた。紋付ではあるが、色も抜け、生地も薄くなったうえにところどころ擦り切れているといった代物で、帯も同じような安手の古びたものだった。そうはいっても絹は絹で、それに平均年齢八十歳の婆さんたち六人がそろって着ていると妙な迫力がある。ふだんはよれよれのズボンにセーター姿なのだからなおさらだ。勝手に話しはじめた光子さんによれば、お嫁入りのときに母親から譲り受けたもので、食糧難の時代にお米と換えようとしてもこんなものではハナも引っかけてもらえなかったし、絹ではオムツにもならないのでしかたなくずっと持っていたのだそうだ。

ぼくも急いでしたくをして婆さんたちの荷物を玄関に運んでいると善男さんが帰ってきた。こちらはいつもと同じ黒の革ジャンで、着替えるつもりもないようだった。婆さんたちの喪服と同様、襟や袖口が擦り切れ、革の脂も抜けてはいるが、ものがいいので少しもみすぼらしく見えないところは着ている人間とそっくりだ。

八方園の周辺の道路はどこも狭いために、マイクロバスは大通りに停《と》めてきたという。それから、ぼくに手伝えと言って和代さんを納棺した。遺体には愛用していた手編みのセーターと、タンスにしまってあったという黒い着物がかけられる。

「おい和代さんよ、これから黒磯に行ってあんたの娘さんに会わせてやっから。そいで、そのあとはみんなで秩父の温泉でドンチャンさわぎだぜ。なんならお湯につからせてやっから、たまった疲れを全部とっちまえばいいよ」

棺に寝かされた和代さんにむけて善男さんがことばをかけると、そこで初めて婆さんたちが涙をみせ、それが一気に広がって八方園は号泣で満たされた。

「おい、いいかげんに出発するぞ。いつまでもこうしてたんじゃあ、駐車違反でレッカー移動されちまうからな。そうなりゃドカンと罰金を取られて、温泉どころか和代を焼く金までもっていかれちまうぜ。ところで全員オムツはしたんだろうな。強行軍でそうそうトイレにも寄れないから覚悟しろよ」

うしろ手で棺を持った善男さんを先頭に、われわれは八方園をあとにした。棺を支えるのが二人だけというのは、ぼくの力も少しは当てにされていたのだろう。文字どおり真冬の寒さだったが、めいっぱいの力で棺を持っているので、かえって汗ばむほどだった。婆さんたちは喪服姿で布製のリュックを背負い、手には丸めた毛布を持っている。なれたしぐさで、気のせいかいつもより足元もたしかに見える。彼女たちの生まれは昭和元年前後なのだから、敗戦後の買い出しを経験した世代なのだ。見送るのは節子さんひとり。まだ午前六時で、もちろん夜も明けていない。毛糸の帽子をかぶり、マキシ丈のダウンジャケットを着た節子さんが黙ってお香典をわたしてくれる。

すぐまえの急な坂をのぼって豆腐屋、肉屋、雑貨屋が四、五軒あるだけの名ばかりの商店街に来ると、店のおじさんやおばさんたち十人ほどが表に出て和代さんを待っていた。きっと善男さんが知らせておいたのだろう。そば屋と八百屋のあいだにビールケースが二つ出されていて、それを台にして棺を置く。まだ釘を打ちつけていないので、善男さんが蓋を除《の》けると和代さんがあらわれた。夜明けまえの街灯の光に照らし出された遺体には凄味がある。

「みなさんにはお世話になりっぱなしで、そのうえ、こんな時間にお見送りまでしていただき、和代もよろこんでいると思います。彼女に代わってお礼もうしあげるしだいです」

そう言って善男さんがさっと頭を下げる。故人と言わずに彼女というのがなんとも善男さんらしかった。

店のおじさんやおばさんは香典代わりのつもりなのか、みかんやコロッケを持たせてくれる。豆腐屋さんからは揚げたての厚揚げをもらう。雑貨屋さんがくれたのはショートピース三缶とハイライトを二カートンだった。

おかげでマイクロバスのなかはすぐに煙だらけになった。言うまでもなく、全員がショートピースを銜《くわ》えている。善男さんはもちろん、婆さんたちはひとり残らずタバコ好きなのだが、お金がないせいで思う存分吸いまくることなどめったにできない。それにもらいタバコほど旨いものはないらしい。和代さんの顔の横にはハイライトが一箱置かれている。吸わないのはぼくだけ。ただし嫌煙権を主張するつもりもない。年に一度や二度くらいなら煙まみれになるのも悪くはない。

それよりも、ぼくは横にある和代さんの遺体をどうにかしてほしかった。善男さん一流の悪趣味なのだが、和代さんを納めた棺は通路のところに宙吊りにされている。もちろん蓋はしていない。昨日は車を借りる手続きをするのにいやに手間取ると思っていたら、善男さんはこのための準備をしていたのだ。棺とともにバスに乗りこむと、ナイロン製のネットがうしろの座席のあいだに張られていて、そこに置くんだと言われたときにはよく考えたものだと感心したのだが、走るにつれて棺がゆれることまでは予想できなかった。ブレーキをかけたときには手で押さえてやらないと遺体が棺にぶつかってしまうので目をそらせるわけにもいかない。

「アキラ、なんだったら代わってやろうか」

そう言われても、ぼくは車の免許を持っていないので、どんなに代わりたくても代わりようがない。

暮れの二十九日だったけれど、帰省ラッシュもさほどではなく、和代さんの遺体と六人の婆さんたち、それに善男さんとぼくを乗せたマイクロバスは車内をショートピースの煙で充満させて東北自動車道を一路黒磯をめざして進んでいった。

小一時間走って利根川をわたると景色がかわり、ようやく首都圏を脱した気がする。婆さんたちもタバコはひと休みして窓を開け、朝ご飯のおむすびを食べはじめた。ぼくにもひと包みわたしてくれたが、片手で棺を押さえながらでは、とても食べる気になれない。それに高速道路にはいってから善男さんはさらにスピードをあげていたので、サスペンションの悪いマイクロバスはやたらにゆれて、両手で棺を押さえなければならないときもある。ぼくの顔と和代さんの顔のあいだは五十センチほどしかなく、棺が前後するのに合わせてぼくらもゆれる。目をつむるのも失礼な気がして見つめているうちに、ぼくはしだいに遺体になれて怖さも消えた。長さも深さも千差万別なシワがくまなく刻まれたシミだらけの顔はお世辞にもきれいとは言えないが、それはまぎれもなく七十七年という年月の末に和代さんの肉体がたどり着いた姿だった。

婆さんたちは食後にタバコを一服すると、長旅にそなえてシートに横になっている。途中トイレに行くために一度パーキングエリアにはいっただけで約四時間も走りつづけ、十時すぎに黒磯市内にはいる。黒磯駅前のロータリーに停車すると、善男さんはぼくから携帯電話を借りて外に出た。

時計を見ながらきっかり十時半に電話をかけたのは、和代さんの娘さんからそう頼まれていたからなのだろう。自分あてにかかってくる電話を受けるのにさえ気をもまなければならない和代さんの娘さんの暮らしを想像して、ぼくは気持ちが暗くなった。目をさました婆さんたちも、心配そうに善男さんを見つめている。

ふたたび走りだしたバスがむかった先は、駅から十五分ほど離れた場所にあるそば屋だった。観光客相手とも地元民の食事用ともつかない中途半端な造りの店がまえで、暖簾も出ていない。店のまえには軽自動車が一台横むきに停まっていて、ぼくたちの乗ってきたマイクロバスが近づくと、グレーのセーターを着たやせぎすの女性が運転席から降りてきた。思わず棺のなかに目をむけて遺体があるのをたしかめなければならないほど和代さんにそっくりの娘さんだった。婆さんたちも顔を見合わせている。きっとおたがいが知り合った年齢があのくらいのときだったのだろう。

もっとも善男さんだけは冷静で、軽自動車を隠すようにしてバスを停めると、運転席の窓から道でもたずねるような様子で娘さんに話しかけた。

「少し早いがここで昼飯にしよう。もう食わせてくれるそうだ」

運転席にすわったままの善男さんがからだをねじってぼくたちに指示を出す。しかし、婆さんたちもぼくもなんだか気おくれがしてすぐには立ちあがれない。

「アキラ」と怒鳴られ、どうあいさつしたものかと迷いながら先頭で降りてゆくと、和代さんの娘さんは軽自動車の運転席にもどっていて、ぼくはやり切れない気持ちのまま店にはいった。

暖簾も出ていないのに店内は暖房がきいていて、座敷のテーブルのうえには漆塗りを模した大きなプラスチック製のお弁当箱が並んでいる。ぶつぶつ言いながらはいってきた婆さんたちはちょっとおどろいたようで、黙って座布団に腰をおろす。奥から白いエプロン姿の女将《おかみ》さんらしきひとがお盆にビール瓶を載せてあらわれて、深々と頭を下げた。

「直子《なおこ》さんから、みなさまをもてなすように言われております。あいにく市場も閉まっていてなにもなくてお恥ずかしいのですが、せめてビールだけでもお飲みくださいませ」

きっとこの店が、和代さんの娘さんが唯一わがままの言える場所なのだ。そう思っていくらか安心したのだが、ビールをついで献杯をしようとしても善男さんも娘さんもはいってこない。光子さんに小突かれて外に出ると、善男さんはバスの前部にもたれかかっていて、ぼくに気づくと顎で車内を指し示す。きっと娘さんは亡くなった母親のかたわらで涙にくれているのだろう。愁嘆場をのぞく趣味はないので、ぼくはそのまま善男さんをなかにさそったのだが、なにがあるかわからないのでここにいるという。交代しようと言ってもしたがってくれるひとでないのはわかっている。ぼくは黙って店にもどった。

お弁当は女将さんのことばどおりでコンビニで売っているのと大差がなかったけれど、あとで出された山菜そばだけはとてもおいしかった。ビールは一杯だけにして、失礼にならない速さで食べ終えて外に出ると、娘さんはまだ車内にいるという。そんなに名残惜しいのなら、いっそこのまま一緒に秩父まで乗せていってお通夜と火葬にも参加してもらえばいいのではないかと思ったが、ぼくの顔つきで考えを読まれたらしい。

「アキラ、まちがってもさそったりするなよ。できないことはできないでいいんだ」

図星を指されて、ぼくは顔に血がのぼった。ただし善男さんもそれ以上ぼくをいじめるつもりはないようで、「じゃあ、交代な」と言って店のなかにはいっていった。

ぼくは善男さんがしていたのと同じように、マイクロバスの前面に寄りかかって空を見あげた。雲ひとつない呆気ないほどの青空で、思わずからだが吸いこまれそうになる。空気は東京よりもずっと冷たい。

生まれも育ちも札幌のぼくにとって、黒磯という場所には那須の御用邸の近くというイメージしかない。あとはタバコの栽培が盛んな地域。ただし、自分では吸わないので、タバコについてはなにも知らない。医学部の学生なので害なら詳しいが、これは言うだけ野暮だろう。それよりおどろいたのは、タバコの銘柄によって香りが大きくちがうことだ。家では誰も吸わなかったので、これは今日の発見だった。ショートピースの香りは悪くない。そういえば、恵子さんのお気に入りはメントールだった。恋人どうしや夫婦でも、同じタバコを好きになるという話は聞かない気がするが、どうなのだろう。

ぼくはいつのまにかタバコをめぐる連想にふけっていた。自分のなかのやり切れなさと折り合いをつけるためにタバコを吸ってみたくなったのだと思う。世のなかに理不尽なことがいくらでもあるのはわかっていたが、実の母親の葬儀に参列することさえはばからなければならない女性の境遇を目の当たりにすると、やはり落ちこまざるをえない。善男さんまでがそれを容認するしかないと考えているのも、やり切れなさに輪をかけていた。

そうはいってても善男さんだからこそ、わざわざ和代さんをここまでつれてきたのだし、娘さんだって彼女なりに危険を冒して暮れの二十九日の稼ぎどきにわずかとはいえ時間をつくり、ぼくらに昼食を供する段取りまでつけてくれたのだ。バスのハンドルすら握れず、無責任な傍観者でしかないぼくに不満を述べる資格がないのはわかっているが、それでもやり切れなさはつのるばかりだった。

そのとき、バスのドアが開いて和代さんの娘さんが降りてきた。ぼくはうろたえてみっともない笑顔をつくってしまい、泣き腫らした彼女の顔を目にして心底恥ずかしくなった。

「もうしわけないのですが、もう行かなければなりませんので、みなさまによろしくお伝えください。年が明けましたら、かならずごあいさつにうかがいますので」

和代さんの娘さんはほとんど聞き取れないほどの小さな声でそう言うと、軽自動車に乗って、駅とは反対の方向に走り去った。

引き留めておくべきだったかと思ったが、年明けには八方園に来るというのだからこれでいいのだろうと割り切り、ぼくはマイクロバスのドアを開けた。すぐに店にかけこむのも自分の不手ぎわを認めているようでいやだったし、娘さんとの対面をすませた和代さんにひとことことばをかけたかったからだ。

ステップをあがって車内にはいると、ぼくは感極まってその場にしゃがみこんだ。棺のなかの和代さんは、顔だけを残して白い菊の花でかざられていた。お線香と同様に花もキャンセルなのかと思っていたのだが、善男さんはこうなることを予想していたのかもしれない。これだけの花を用意するのにはずいぶんお金がかかっただろうし、かざるのだってたいへんだったはずだ。ひとりきりで思う存分涙を流しながら母親に花をかざれて、娘さんも少しは気が晴れたにちがいない。

通ってきたばかりの道を東京にむけてもどってゆくマイクロバスのなかでは、婆さんたちのおしゃべりが止まらなかった。ビールをしこたま飲んで酔っ払った勢いで、運転席のすぐうしろにかたまって、額をつき合わせている。エンジン音に負けまいと、大声で話すので、棺についているぼくのところでもよく聞き取れた。

「和代ちゃんは米子さんのつぎでしょ、政子さんのところに来たのは。あたしと一年しかちがわないけど」

「そうだったかしら。あたしは光子さんのほうが先だったような気がしてたけど」

「光子はうるせえからなあ。それでお米がかんちがいしてるんだろ」

「善男はまえを見て運転してればいいのよ。とにかくあたしは和代ちゃんにさそわれて八方園にはいったんだからまちがいないの。和代ちゃんは新井薬師《あらいやくし》の近くのクリーニング屋さんで働いててね、お風呂屋さんでよく会うんで、いつのまにか話すようになったのよ。三十年くらいまえなのかしら」

「それじゃあ、和代さんがさっきの娘さんと同じくらいの歳のころですね」

思わずぼくもことばをはさんだ。

「だからおどろいたわよ、そっくりで。でも和代ちゃんよりはずっと気が弱そうだったけど」

「似てたわよねえ。そういえばあたしもお風呂で和代ちゃんと仲良くなって、安くていいところがあるって教わったのよ」

「あら、千代子さんはパチンコ屋じゃなかったの」

「そうだったかしら、いいじゃないどっちだって」

「和代ちゃん、けっこうちゃっかりしてたから、あたしから紹介料をとろうとしてね。千円でいいって言うから、ははあんて思ってあたし持ちで一緒にパチンコに行って、あのころは百円で三十三発だったのを千円を元手に二人で五千発出して、全部タバコに替えて手土産にしたの。政子さんは吸わないけど、徳次郎さんはうれしそうにしてたわね」

「あら、あたしは二千円て言われて素直に払っちゃったわ」

「三十年まえじゃあ、今日の娘さんはまだ一緒にいたんじゃないですか」

「いなかったわね。和代ちゃんは東京のまえは夕張かどっかの炭鉱にいたんだけど、落盤で旦那さんが亡くなって、スズメの涙の補償金もらって娘と二人でこっちに出てきて、和裁も洋裁も両方できたから重宝がられたらしいんだけどだんだん仕事がなくなって、しかたがないからクリーニング屋で働くことにしたって言ってたわね。和代ちゃんは二度も夫に死なれてるの。出征の決まった幼なじみが最初の旦那さんで、まああたしたちはたいていそうだったけど、二週間だけ一緒にいて、つれていかれた南方で戦死して、敗戦から一年後にようやく届いた公報を受け取ったその足で二度目の旦那と北海道に逃げたんだって。婚姻届を出さないままでいたらそのうち軍人恩給が復活したんで申請をして、ちょっとした額をもらったって自慢してたんだから本当にちゃっかりしてるのよ。きっと娘さんの身の振り方もそんなふうに決めちゃったんでしょ。中卒で、黒磯だったかどうか忘れちゃったけど、どこかの工場に働きに出すことにして、そのまま二十歳かそこらでお嫁に行かせたんだって聞いたことがあるもの。酒屋さんにとつがせたのも、ちょくちょくごちそうになれると思ったからなんじゃないの。当てが外れちゃったみたいだけど」

　たまりかねた善男さんがまえをむいたまま口をはさむ。

「なあ光子、おまえぐらいだよ、そこまで根掘り葉掘り他人の人生を調べてるのは。見てみ、薫子なんかそのうち自分に飛び火してくるんじゃないかってマジにビビってるじゃねえか」

「いいじゃない、だいたいあたしたちはおたがいのことを知らなさすぎるのよ。生まれ故郷のことはともかく、結婚以後になるとみんな黙っちゃうんだから。おおよそのことはわかってるんだから、いまさら隠したってしかたがないのにねえ。あら、千代子さんと幸枝さんは寝たふりしてる、登志さんも」

「登志さんはさっきから寝てましたよ。ビールをだいぶ飲んだみたいで」

「ビールはともかく、まずい料理だったわねえ」

「おい光子、いいかげんに黙れ。くだらねえことばっかり言ってっと、ここらに捨てるぞ」

「いいですよ、あたしはいつお迎えがきたって平気ですからね。言っときますけど、死んだあとでまちがっても子どものところにつれてったりしないでくださいよ。あたしは息子や嫁に花なんか入れてもらいたくないですからね。だいたいなによ、あの娘は。あたしたちにはひとことのあいさつもなくて花だけかざっちゃって。それですむんなら、誰だって親に会いにくるぐらいするさ。善男も善男だよ、わざわざこんな遠くまでつれてきやがって、お尻が痛いだけじゃないか。畜生！　あああ、死にたいよお」

酔った勢いで絡むかと思えば泣きじゃくる光子さんには、善男さんもすっかりサジを投げたようだった。それにずっとハンドルを握りっぱなしでさすがに疲れがきているらしく、ショートピースの缶をからにしたあとは引っきりなしにハイライトを吸っている。ハイライトのにおいはへんにきついし、年甲斐もなくタダ酒をかっくらった婆さんたちから発せられるビールくさい吐息で、せっかくの菊の香りもだいなしだった。婆さんたちはいつのまにか全員が眠ってしまう。喪服を着たまま毛布に包まり、シートに横になってぐっすり寝ている。ぼくも眠かったが、棺に手をかけながら必死になっておきていた。

平均年齢八十歳の婆さん六人とひとつの遺体を乗せたマイクロバスは、午前中に通ったばかりの東北自動車道を猛スピードで南にむかい、岩槻《いわつき》インターで降りて国道十六号に乗り換えると、今度は川越から関越自動車道で北北西にむかう。善男さんは長距離トラックの運転手顔負けのペースで車を走らせ、ものの六時間で黒磯から秩父までを走破してしまった。

婆さんたちは関越自動車道を花園インターで降りたころからちらほらと目をさまし、すっかり日が落ちた秩父の山並みには目もむけず、善男さんを元気づけるためと称してカラオケ大会をはじめた。〈東京ブギウギ〉や〈銀座カンカン娘〉といったノリのいい曲を少し遅めのテンポで唄《うた》うので、かえって調子が狂ってぼくは車に酔いそうになる。

善男さんもよほど眠かったらしく、婆さんたちが一曲唄いおえたすきにとつぜん大声をあげた。事故でもおきたのかとビックリして棺を押さえると、世良公則&ツイストの〈あんたのバラード〉だった。それから善男さんは一気に二十曲も唄いまくった。〈襟裳《えりも》岬《みさき》〉や〈ビューティフル・ネーム〉といった七〇年代のヒット曲にまじって〈おもちゃのチャチャチャ〉や〈浜辺の歌〉を唄い、アングラ芝居の挿入歌らしきものもあった。多分こんなときでなければ絶対に唄ったりしないだろう。できれば運転などやめて、こちらをむいて唄う善男さんの姿を見てみたかったが、婆さんたちもぼくも身動きせずに善男さんの唄声に聴きいった。きっと和代さんの鼓膜も、善男さんの声でふるえたことだろう。

存分に声を出しながら善男さんは曲がりくねった峠を越え、秩父市内を通り抜けてさらに三十分ほど走り、山あいにある山の家に到着した。時刻はもう午後七時になっていて、さすがの善男さんもすぐには立ちあがれず、シートにもたれかかって目をつむっている。てっきり途中で食事をすませると思っていたので、これからここでしたくをするのかと思うと気がめいったし、だいいち買物はどうするのだろうと思っていると、山の家のドアが開いて有里さんが出てきた。

ぼくまでおどろいているので、婆さんたちはあらまあという顔で有里さんにあいさつしながらなかにはいっていく。村営の山の家だというからバンガローの大きなものぐらいを想像していたのに、そこいらのペンションよりもよほど上等な木造平屋建ての一軒家で、居間にはテーブルタイプのいろりがある。いろりをはさんで二段ベッドが十個も並び、炭火の温もりを感じながら夜をすごすというのがここの売りなのだろう。ほかにも六畳の和室が二つあって、炊事場も風呂場もそなえた立派な施設だった。鉱泉がひかれたお風呂も沸かされていて、和室に浴衣《ゆかた》が出してあるので、あがったあとは少し横になってくださいと言って有里さんが婆さんたちを案内する。

和代さんの棺を居間の奥に安置すると、善男さんにはひとまず管理人室で休んでもらうことにして、ぼくは婆さんたちの荷物を運び入れる。そのあいだに有里さんは火の熾《おこ》されたいろり端に料理を並べてゆく。メニューは秩父名物いのしし肉の串焼き。夕方に秩父駅前で買物をして、ひとりで串に刺していたのだという。豆腐とこんにゃくに、味噌ダレと刷毛《はけ》まで用意してあって、その周到さに感心してしまった。お酒のしたくも忘れていない。

「途中にお店に寄ったんじゃ、運転手さんはビールも飲めないじゃない。昨日アキラ君と別れたあとに気づいてね、押しかけ女房をすることにして、電話でそう言っといたわけよ。なかなか到着しないんで、ひとりでいるのはちょっと怖かったけどね」

ここを勝負所と見定めて張り切った有里さんは幸せいっぱいの笑顔をぼくにむける。ぼくは箸やコップを並べるのを手伝いながら、黒磯での和代さんと娘さんの対面の様子を話した。

「どうしてそうまでして他人の面倒ばっかり見るのかしらね。自分のことは放っておいて」

「自分のことはもうやり尽くしたからじゃないでしょうか」

「そうかしら」

「だってそうじゃないと」

「でも唄ったんでしょ」

「そうです」

「二十曲も」

「はい」

「まだ力があまってるのよ。もう絶対に役者をすることはないのかしら」

「八方園と二股かけたりはしないだろうから」

「そうよね」

と言って、有里さんは大きなため息をついた。

「なんだ、別れ話か」

いきなり善男さんがあらわれ、おどろいた有里さんがぼくの腕をつかむ。

「も、もうおきたんですか」

「ああ、悪かったな。せっかくのところを邪魔して。ぼうっとしてたんでつい声をかけちまった」

「なにかんちがいしてんのよ。そもそもつきあってなんかいないわよ」

「恥ずかしがることはないさ。アキラみてえなのには年上がちょうどいいんだよ。いまどき十歳くらいうえでもどうってことないだろう。おたがい父親が弁護士で育った環境も似てることだし。婆ぁどもはまだ風呂か、オレもはいりてえんだよなあ。あんたはどうする。婆ぁどもにまざるか、それともあとでアキラと一緒にはいるかい」

寝惚《ねぼ》けまなこの善男さんにからかわれ、有里さんは本気で頭にきて、むかいの部屋にはいったきり出てこなかった。

「まったく天《あま》の岩戸《いわと》だな。ちがいは停電にはならないってことか」

お風呂にはいったあとで浴衣に着替え、味噌ダレを塗った肉やこんにゃくを炭火に当てながら善男さんは平気な顔をしていたが、婆さんたちに叱られてしぶしぶあやまりに行き、おわびに有里さんのリクエストで一曲唄うことになった。

「松山千春の〈長い夜〉ね。わたしを見て唄うのよ。本当は尾崎豊の〈OH MY LITTLE GIRL〉がいいんだけど、あなたの歳じゃ知らないでしょ」

ふてくされた有里さんの意地悪な選曲にもまるで動じず、善男さんは管理人室に置いてあったギターを調律し、イスに腰かけて唄いだした。よくある物真似《ものまね》とはちがい、善男さんの声できちんと唄われた松山千春と尾崎豊は、マッチョな歌詞も気にならないほど素晴らしかった。自己陶酔型の熱唱ではないのだが、かといってアコースティックに醒《さ》めているのでもない。声をのどでいじらず、ビブラートもかけないので、声がまえへまえへと出てくる。有里さんは身も心も奪われている様子だったが、善男さんはそんなことにはおかまいなしで、ギターを床に置くとイスから立ちあがり、棺のなかの和代さんに目をやってから胸を張った。

「かーずーよー、かーずーよー、かーずーよー、かーずーよー、かーずーよー、かーずーよー、かーずーよー」

わずかなリズムの起伏に乗せてくり返される善男さんの声が山の家のなかにひびきわたる。そう長く唄われたわけではないのに、それはずいぶん長い時間に感じられ、ぼくは善男さんが弔いはオレがやると断言していたことを思い出した。死者を弔うのに、そのひとの名前を呼ぶ以上のことはない。

「さあ、和代のために今夜はさわごう。朝からずっと車のなかだったから、婆ぁどもは疲れたろう。つれまわして悪かったな。それから、河原さんにもお礼を言わないとな。おかげでいいお通夜になりそうだ」

それから先のことはあまりよくおぼえていない。ぼくは善男さんや婆さんたちからさんざんお酒をつがれ、片っ端から飲み干しているうちになにがなんだかわからなくなり、善男さんや有里さんに抱きついて、そのたびに婆さんたちの笑い声がおこっていた気がする。

いつのまにか眠ってしまったようで、尿意にうながされて目をさますと、ぼくは二段ベッドのしたの段に寝ていた。いろりの炭が赤く燃えている。はめたままの腕時計を見ると三時だった。唾を飲みこむとのどがやたらに痛み、洗面所でうがいをしたら血液が混じっていたのでおどろいた。多分アルコールで粘膜がやられていたところに吐瀉物《としゃぶつ》がキズをつけたのだろう。でももっとおどろいたのは、善男さんと有里さんがお風呂場でセックスをしていたことで、もちろんドアは閉まっていたのだけれど、行為に伴う音と抑え切れない二人の声がお風呂場の壁と床と天井に反響し、拡大されていやでも耳に届いてしまう。

おたがい独身の大人の男女なのだからそういうことがあってもいいのだけれど、なにも和代さんのお通夜の晩に交わらなくてもいいわけで、でも死と性欲は関連しているというような話も聞いたことがある気がするし、などと考えながらぼくはひたすら動揺していた。なにしろ日ごろつきあいのあるひとたちがすぐそこでセックスしているのだ。もちろん、こんな感想を述べているぼくは童貞で、高校時代につきあっていた彼女とキスはしたことがあるけれど、胸はさわっていない。医学部の学生なのだから女性器は写真だけでなくホルマリン漬けの遺体でも見ている。ただし、無修整のアダルトビデオは友人の家で一度見させられて気持ちが悪くなった。

ぼくは忍び足で居間までもどり、婆さんたちに気づかれないようにそっとベッドにもぐりこむ。それでも興奮はつづいていて、勃起してしまったペニスをさわったりしていたが、ベッドがゆれるのでそれもやめにして横になっているとすぐに眠ってしまったようで、おこされると朝だった。

すっかり明るくなった室内では、喪服に着替えた婆さんたちがいろりのまわりにすわっている。有里さんは手続きがあるので先に焼き場にむかったとのことだった。

「おいアキラ、おまえは昨日かなり吐いてるからな。着替えるまえにシャワーを浴びろよ。酒くさいのはともかく、ゲロのにおいはしないほうがいいだろう。あと十五分で出発だから急げよな」

両腕にいくつもリュックを抱えた善男さんが玄関にむかって歩いてゆく。ぼくは善男さんと有里さんのセックスの余韻が残っているような気がする風呂場でシャワーを浴び、またしても勃起してしまったペニスと二日酔いの頭に弱りながら紺のスーツに着替えて黒いネクタイを締めた。

居間にもどると全員で棺をかこみ、和代さんに最後の別れを告げる。蓋を載せ、善男さんが釘を打ってゆくにつれて婆さんたちの泣き声は大きくなった。

火葬場は秩父市を一望する高台にあった。午前九時だというのに、八つある炉のうち五つで同時に火葬が行なわれていて、控え室もにぎわっている。われわれ総勢九名は、一番狭い六畳の和室に押しこめられていた。五十人近い遺族がいる部屋からは時折大きな笑い声がおこり、そのたびに善男さんがイラだつのがわかる。

「骨を置いて帰るわけにもいかねえしなあ。いっそのこと温度をあげてなにもかも煙にしちまえばいいんだよ。そうなりゃ墓なんてものもいらねえし」

と、善男さんは例によって悪態をついたが、文句を言ったのは一度だけで、しばらくすると外に出ていった。火葬場の控え室で遠慮なくふるまわれても困ってしまうが、そのしぐさが有里さんの視線を意識しているように感じられたのは、あながちぼくのかんちがいともいえない気がする。連日の強行日程で体力が尽きてしまった婆さんたちが黙って座布団に縮こまっているかたわらで、有里さんだけが輝いていた。

その姿があんまりまぶしくて、ぼくも外に出ることにする。葉の落ちた木立にかこまれ、澄みきった青空に煙が消えてゆく。偶然とはいえ、和代さんをわざわざ遠くまでつれてきた甲斐があったとぼくは満足だったが、節子さんが言っていた「これからのほうがたいへんなんじゃないかしら」ということばも頭の片隅に引っかかっていた。

テーブルにはおせち料理とお雑煮が並び、せっかくだからとお屠蘇《とそ》まできこしめしたけれど、八方園のお正月はまるで盛りあがらなかった。入居者七人のグループホームではひとりの死でもそうとうこたえる。医者を志している者としては情けないのだが、いるはずのひとがいないというのがこんなにも気持ちを沈ませるものだとは知らなかった。ぼくでさえこうなのだから、三十年来の友人である婆さんたちの悲しみは推して知るべしで、みんな妙に涙もろくなっていた。年が明けたらかならずうかがうと言っていた和代さんの娘さんからも連絡はなく、それをネタに毎日同じような悪口ばかりがかわされる。

こんなときはひたすらまぜっ返して婆さんたちを元気づけるはずの善男さんもテンションが下がったままで、おまけに今回世話になったお礼にと有里さんのリクエストで三日に歌舞伎座にデートに出かけたときに風邪をもらってきて熱を出した。インフルエンザではないものの三十九度まで熱があがり、節子さんが来て点滴を射《う》ってくれたが、体調はなかなか回復しない。成人式に合わせて札幌に帰るつもりでいたのに、これでは中止せざるをえないかもしれないとぼくは気が気ではなかった。

「まさか恋わずらいじゃないでしょうね」

「逆じゃない、河原さんに追い詰められて困っちゃったのよ」

「できたのかしら」

「なにが」

「赤ちゃんよ」

「あらー、それはおめでたいね」

「バカね、善男がハメられちゃったのよ」

「そんなことわからないじゃない」

「とにかく、二人がつきあってるのはまちがいないよね」

「それじゃあ、河原さんがここにはいるのかしら」

「どうかしら。あの娘のことだから自分はよそで暮らして、そこに善男を通わせるんじゃないかしら」

「そうね、ここで一緒にってことはなさそうよね。会計士のお仕事だってあるだろうし」

「ねえアキラさん、善男はまえの奥さんとは正式に離婚してるんでしょ」

「はい、もう十年になります」

「それじゃあ、なにも問題ないわね」

「なんだかへんなことになったわねえ。和代ちゃんが亡くなって善男が再婚。風が吹けばで河原さんがもうかったのかしら」

「いいじゃない。善男だっていつまでもヤモメじゃそれこそ蛆《うじ》がわいちゃうもの。やっぱり男は女がいたほうがステキですよ」

「それじゃあ、こんど河原さんが来たときにお祝いを言いましょうよ。そうすれば二人もつきあいやすいから」

「そうね、今年は善男の結婚式が見られるかもしれないわね。こういっちゃ悪いけど、お葬式が縁結びになるなんて、和代ちゃんにしては上出来ね」

そこで、みんなの視線は壁の写真にむけられた。臼の横で中腰になった和代さんが斜めうえを見あげていて、善男さんになにか言われたらしく、シワくちゃの笑顔のなかで小さな目が輝いている。三年まえのもちつきのときに、手伝いにきていた留学生が撮ってくれた写真だそうで、遺品を整理していたら保険証のあいだにはさんであった。

婆さんたちは善男さんと有里さんの交際を邪魔するつもりはないようで、かえってその話題で盛りあがっていた。有里さんもマメに善男さんの見舞いに訪れてくれ、ぼくは安心して帰省することにした。

去年は受験勉強の追いこみでずっと東京にいたので、冬の札幌は二年ぶりだった。駅から道路に出たところでさっそく足をすべらせてころんだけれど、吸った空気で鼻の穴の水分が凍りついてしまう感触は懐かしかった。

玄関でぼくを迎えてくれた両親は暮れと正月の一週間をハワイで遊んできたせいですっかり日に焼けていて、なんとも不思議な再会だった。真っ黒な顔のオフクロが作ってくれる料理を食べ、同じく真っ黒な顔のオヤジに碁につきあわされ、成人式のまえの晩に高校の同級生たちとススキノに出かけたりもして、二泊三日の行程は瞬く間にすぎた。

本当は一週間ぐらいのんびりしたかったのだけれど、医学部なので講義を休むことはできない。それでもすっかり生気を取りもどして三連休最後の月曜日の最終便で東京にもどると、八方園はたいへんなことになっていた。

予定は伝えてあったので電話も入れずにドアを開けたのだが、ぼくを出迎えたのは善男さんの怒鳴り声だった。

「いいから帰れ。しばらくは来るんじゃねえ」

「なによ、結局あなたはお婆さんたちの介護を理由にしてここに逃げこんでるだけじゃないの。卑怯者《ひきょうもの》」

激しく言い争う二人はぼくになど気づくはずもなく、玄関に足止めをくったまま聞き耳を立てていたのだが、断片的に語られる情報をつなぎ合わせてわかったのは、ぼくが留守にしていたわずかのあいだに八方園がインフルエンザにみまわれていたということだった。薫子さんと米子さんが入院し、幸枝さんと千代子さんと光子さんにも感染の兆候が見られる。

二人がケンカになったのは、婆さんたちの看病に疲れた善男さんにさしいれを持ってきた有里さんが、やっぱりお坊さんを呼んで和代さんの供養をしてもらったほうがいいんじゃないかしらと冗談とも本気ともつかない口調で言ったのに対して、善男さんがキレたためらしい。そこで有里さんもかねがね不満に思っていたことをぶちまけたので、おたがい引くに引けなくなってしまったというわけだ。要するに痴話喧嘩《ちわげんか》である。男女の本気の言い争いの場に立ちあったことのないぼくとしては後学のためにもうしばらく聞いていたかったけれど、立ち聞きしていたと思われるのもいやなので、ころあいを見計らって「ただいま」と声をかけ、リビングルームにはいっていった。

ぼくを見ると有里さんは表情を変え、「おかえりなさい、アキラ君」と静かな声で言った。

「今日は帰るわ。人手が足りなければ遠慮なく呼んでね」

善男さんではなくぼくにむけてそう言うと、有里さんは帰っていった。

ぼくはケンカについてはなにもきかず、うがいと手洗いをしてから婆さんたちの容体を見てまわった。流行がはじまるまえの十一月に七人全員が予防接種を受けたのだが、インフルエンザであることはまちがいなかった。もっとも症状はまだ軽く、入院している二人もそう重篤ではないという。

「いきなりバタバタと寝こみやがってな。一時は全滅するんじゃないかと思ったぜ」

ぼくが相手とあって、善男さんはいつもの余裕たっぷりな態度を取りもどしていたが、そこで電話が鳴った。

入院先の病院からで、薫子さんが肺炎をおこしているという。急を要する状態ではないが、一応お知らせしておきますと言われ、そのまま善男さんに伝えると目に見えて動揺し、病院にかけつけようとするのでぼくはおどろいてしまった。

「早期に抗生物質を投与すればすぐ治りますよ。よっぽど体力が低下してればべつですけど」

「わかってるよ、そんなことは。それでも、誰かそばにいてやったらちがうだろうよ」

「でも、ここでも三人寝こんでるんですから、体力を残しておかないとまいっちゃいますよ。善男さんは倒れるわけにはいかないんですから。ぼくもできるかぎり手伝いますけど、昼間は講義を受けに行かなくちゃなりませんからね」

「おまえなあ、冷静な声でそういうことを言うんじゃねえよ。ひとの生き死にだぞ」

「生き死にじゃなくて、生きている人間の看病ですよ」

こう言い切ったからといって、とても勝ち誇れるような心境ではない。ただ、あまりに短絡的に死を考えてしまう善男さんを見て、ぼくはどうしたらいいのかわからなかった。

インフルエンザが治っても、八方園の婆さんたちはそれぞれの速度で死にむけて歩みを進めてゆく。テンポは一定でなく、和代さんのようにある日とつぜん亡くなってしまう場合もあれば、入退院をくり返しながらゆっくりとずり落ちてゆくような死もあるだろう。いずれにせよ、十年もすれば今いるメンバーはほとんど亡くなっているにちがいない。善男さんはその過程に耐えられるだろうか。

絶対に耐えられると断言できる根拠はなかった。有里さんが相棒になってくれれば、というのが婆さんたちとぼくに共通の希望だったが、今日の様子からすると、それがいいほうにばかりころぶとは限らない。しかしながら、それはどうしても善男さんが耐えて乗り切らなければならないことなのだ。

薫子さんの肺炎は抗生物質が効果を発揮したようで、大事には至らなかった。ただし体力の消耗は激しく、退院してもなかなかベッドからおきあがれない。お尻と背中に床ずれができておしめも外せなくなり、善男さんの負担は確実に増えていった。残る五人の婆さんたちもまるで元気がなく、善男さんもハッパのかけようがない。夕方学校から帰るとテーブルをかこんだ婆さんたちのまえに善男さんがひとりでお碗《わん》やお皿を並べていて、これではそこいらの老人ホームとなにも変わらなかった。

「しかたがないわよ。無理をさせて倒れられたらもっと困るんだもの。冬のあいだはがまんがまん。きっと春が来ればいいことがあるわ」

どんなときでも楽天的に語ってくれる節子さんの励ましを命綱に、ぼくもできるかぎり善男さんを手伝い、どうにかこうにか冬を越した。

三月になると沈丁花《ちんちょうげ》が香り、連翹《れんぎょう》が黄色い花を咲かせた。そしてある日、桜の花が咲いているのを見つけたとき、和代さんの死からつづいていた鬱々とした気持ちが晴れてゆくのを感じ、ぼくは思わず涙ぐんだ。

「花見か。まだ二分咲きとかだろうけど、気分転換には良さそうだな」

ぼくの提案に善男さんも乗ってくれ、みんなで新宿御苑に出かけることになった。場所取りは言い出しっぺのぼく。十時すぎに着くとすでにけっこうな数のひとがいた。ほとんどは老夫婦か中年女性たちのグループで、広い園内をゆっくり散策している。桜の花はまだまるで咲いていなくて、枝の蕾《つぼみ》が色づいている程度だった。それでもたしかに冬は終わっていて、歩いていても寒さは感じない。都心でこれだけ広い空が見える場所はほかにないだろう。年度のあいまで講義もないぼくは芝生に敷いたシートのうえに寝ころんで本を読む。お弁当は善男さんのリクエストで、四谷にある老舗《しにせ》のお寿司屋さんのおいなりさんとかんぴょう巻きを買ってきた。赤坂見附の公務員宿舎に住んでいた子どものころに、よくそこのお寿司を食べたのだそうだ。これまでなら自分たちでお弁当を作っていたのだけれど、善男さんも婆さんたちもすっかりバテているので、飲みものと茹でた空豆だけを持ってくることになっている。

善男さんたちが来るのは十一時半の予定だった。お寿司は新聞紙をかぶせて頭の横に置いてある。園内の注意書きによれば油断しているとカラスが食べものをねらって飛来するという。たしかに木々の枝には数多くのカラスがいるし、ゴミ箱のまわりにもうろついている。ぼくもしばらくは警戒していたが、お寿司の折りから漂う酢飯のにおいにつつまれてついうとうととした。

ほんの少しだけ南風が吹く絶好の昼寝日和《びより》だった。夢のなかでぼくは札幌の家にいた。居間のテーブルでオヤジと碁を打っている。中盤で、形勢は悪い。オヤジはアマ六段なのだから、そもそもぼくが勝てるわけがない。三子置いての指導碁で、オヤジはぼくがどう打つのかをためすような手ばかりを打ってくる。頭にきて強引に打ってもいいことはひとつもない。かといって無難な手ではどうにもならない。その後の変化は読み切れなくとも、局面を打開する可能性を持った一手が求められているのだが、それが見つからない。しかし、ある気もする。ここか……とひらめきかけたとき、なにか刺激を感じてぼくは目をさました。

カラスだと思い、とっさにお寿司に手を伸ばす。しかし、折詰のはいった紙袋はぼくの手をかすめて宙に浮かぶ。あわててうつぶせになり、目のまえから逃げ去ろうとする二本の脚に飛びかかるが、ぼくの腕は空を切る。そのころには、ぼくはお寿司を盗って逃げようとしているのが二人の子どもだということに気づいていた。ボロボロの靴から伸びた褐色の脚に、うすぎたない半ズボンとTシャツ。しばらく洗っていない長い赤茶けた髪の毛。うしろ姿だから正確ではないが、二人ともまだ十歳に満たないにちがいない。一生懸命に振られる腕は粉がふいたように白くなっているし、首筋も垢《あか》まみれだ。わずかなちがいはあっても似たり寄ったりの風体の二人が必死になって芝生のうえをかけてゆく。

ぼくはいつのまにか二人に追いつき、お寿司を持っていないほうの子どもの両肩をつかまえた。なにか叫び声があがる。日本語ではない。ああそうなのかと、一瞬考えがよそにむく。それと同時に足がすべって、相手と一緒に倒れこむ。また声があがる。ぼくも痛みで声を出す。歯がぼくの腕を咬《か》み、手の爪が顔を引っかいた。あとは夢中だった。生ゴミのようなにおいをまとった相手と絡まり合い、芝生のうえをころげまわる。かろうじて手首を押さえ、馬乗りになって勝負はついた。手首は細く、肌は思いのほかすべすべしている。褐色の肌に切れ長の目が光り、少女であることがわかる。少女は急に弱々しい顔になり、両方の目から涙が流れる。ぼくは彼女の顔を見ていられなくなり、もうひとりを捜そうと顔をあげる。とたんに股間を蹴りあげられて、ぼくは倒れた。そのすきに少女は逃げ出そうとするが、ぼくは彼女の片脚を捕らえ、反対の脚でいくら蹴られても絶対に離さなかった。

やがて警備員があらわれ、少女を捕まえた。痛みをこらえて立ちあがると、警備員のそばにはもうひとりの少女がべつの警備員に捕まえられている。ぼくの腕には歯の、顔には爪によるキズができていて、治療と事情聴取のために管理事務所につれていかれた。

園内の放送で呼び出された善男さんは、ぼくのぶざまな立ちまわりの様子を聞いて大笑いだった。もっとも善男さんの興味はぼくよりも二人の少女たちに移っていて、彼女たちの身元や今後の処遇について警備員に詳しくきいていた。ぼくの頭も彼女たちのことでいっぱいで、花見どころではなかった。それに歯や爪によるキズは思った以上にしまつが悪く、とくに頬の引っかきキズはなかなか痛みが消えないので、忘れようにも忘れられない。

「ヒゲでも生やすんだな。おまえは童顔だから、かえっていいかもしれん」

ある晩、食事のあとでそうからかわれたけれど、ぼくは素直に笑えなかった。

「あの子たちはどうなったんでしょうか」

ぼくはずっと気になっていたことを口に出してみた。黙っていたのは、無責任に心配すると善男さんに怒られるからだ。

「ああ、あいつらか、あいつらは来週からここで暮らす。正確には四月一日の木曜日からだ」

　ぶっきらぼうに告げられた善男さんのことばに、ぼくも婆さんたちもおどろいてすぐには返事ができなかった。

「あの姉妹は父親が日本人で母親がインドネシア人、要するにジャパゆきさんの子どもたちなんだな。お決まりのパターンでオヤジはトンズラこいて、しかたがないんでオフクロさんはヤクザ絡みでシャブの密売に手を出した。でもって捕まって、懲役七年。現在、栃木刑務所で服役中だ。子どもたちは中野区の児童福祉施設に収容されてたんだけど、素行が悪くて手に負えないっていうんで、これもなにかの縁だからここで引き取ることにした。あのときも三日まえから家出してたんだと。ガキだから和代がつかってた部屋に二人一緒に入れても大丈夫だろう。なにか質問は」

「善男さんが里親になったっていうことですか」

　と、ぼくがきく。

「まだ手続きは完了してないけどな。施設はあんなガキどもであふれかえってて、様子見でもいいからあずかってくれれば助かるっていうんで決めてきた。オフクロさんが出所すればどうなるかわからんけどな。里親だとけっこう補助金が出るし、婆ぁどもの面倒を見るよりよっぽどわりがいいぜ」

善男さんはやたらに得意げで、すっかり元気を取りもどしたようだった。婆さんたちはなんだか腑に落ちない様子で、おたがいの顔を見ては中途半端な笑いを浮かべている。

「おい、婆ぁども、なんか文句があるんなら言ってみろ。言っとくがなあ、混血はいやだとか言いやがったらオメエらをたたき出すからな」

すわったままでも十二分の迫力をみなぎらせて善男さんはすごんだが、婆さんたちはひるむどころかかえって顔をほころばせる。

「いくらあたしたちだってそこまでバカじゃありませんよ。五族共和《ごぞくきょうわ》の精神でしょ。子どもは大事ですよ」

「そうよ、へんな年寄りにはいられるよりずっといいものね。こき使ったりしないから安心してくださいな。それよりあたしたちが心配してたのは、河原さんがどう思ってるのかってことですよ。彼氏がこぶつきになるんじゃ、誰だってイヤでしょうよ」

思い切り力んでいた善男さんは当てが外れたうれしさで大笑いをし、壁の和代さんの写真に目をやった。

「むこうは知ってるよ。里親になるための審査とかで、例によって弁護士をやってる彼女のオヤジさんに助けてもらったからな。オレはいまさらふつうの家庭をこしらえる気はないし、それがいやならしかたがない。彼女がそれでもいいって言ってくれるなら感謝する。どっちになるかはまだわからん」

そう言いながら善男さんは革ジャンのポケットからタバコの箱を取り出し、一本抜いてライターで火をつけた。大きく煙を吐き出してから婆さんたちにタバコの箱とライターをまわす。見たこともない銘柄のタバコだけれど、婆さんたちは躊躇なく口に銜えてライターで火をつけ、味と香りを楽しんでいる。

ぼくをのぞく七人が一斉に煙を吐き出したので、リビングルームはこれまで嗅いだことのない甘ったるい香りでいっぱいになった。

「丁子《ちょうじ》が混ざってるのね」

と幸枝さんが言う。

「ご名答。さすがに長年屋台で七味唐辛子を売ってただけのことはあるなあ。インドネシアじゃあ、タバコにクローブを入れるんだとよ。このところ毎日通って、ようやく仲良くなってきてな。今日の帰りがけにオフクロさんが置いてったのをもらったんだ。名前はレーウィとラットナー。名字は山本。年子の姉妹で十歳と九歳だ。四月の新学期からはそこの小学校に通うことになる。授業参観にはみんなで行くべえよ」

そう語る善男さんは本当にうれしそうだった。

「これもアキラが見るからにマヌケだったおかげだな。ふつう、頭の横の弁当を盗まれるか。彼女たちはゴミ箱をあさるつもりで忍びこんでたんだけど、おまえがあんまり無防備だったんで、つい出来心をおこしたらしい。来たらあやまっとけよ」

「ぼくがあやまるんですか」

「まさか叱るつもりじゃないだろうな。ここじゃあおまえだけがまともなんだから、宿題とか見てやれよ。それから、あとで節子さんにも報告しといてくれ」

そう言われて、ぼくは頬のキズをさすりながらむかいの細川医院に行った。ことのしだいを伝えると節子さんは大よろこびで、

「ねえ、やっぱりわたしの言ったとおりだったでしょう」

と、こちらも得意になっている。

「いいわねえ。そんなお子さんたちが山ほどいるんでしょう。後藤さんがやる気なら、いずれはここの家も提供しようかしら。二十人くらいは育てられるわよ」

「善男さんひとりじゃ無理ですよ」

「お仲間がいればいいのにねえ。きっとステキなことになるのに」

「まずは二人からですよ。それだってどうなるかわからないんですから」

「そうね、でもお婆さんたちがいるから絶対に大丈夫よ」

またしても節子さんから励まされて、ぼくは八方園にもどった。婆さんたちは全員二階にあがったようで、リビングルームには誰もいない。善男さんは自分の部屋でパソコンにむかって今日一日の記録を打ちこんでいるのだろう。

あと一週間もすれば、ここに二人の女の子が加わる。わけありの子たちなのだから、いろいろと問題をおこすにちがいない。それでも、このまま年老いたメンバーだけでいるよりはずっといいはずだ。ケガの功名とはよく言ったものだが、それともこれは世話になった善男さんへの和代さんからの恩返しだろうか。

そう思って壁に目をむけると、和代さんの写真の横にさっきのタバコが一本セロファンテープで留めてある。もともとの笑顔がいっそううれしそうに見える。大きく息を吸いこみ、クローブ混じりのタバコの香りが鼻に抜けるのを感じながら、ぼくは遺影にむけて頭を下げた。

婆さんたちの閑話

「もう四カ月よね。和代ちゃんが亡くなってから」

「暮れの二十七日に死んだんだから、そうなるわね。でも、早いわねえ。なんだか何年もまえのことみたい」

「そうかしら、あたしはちっともいなくなった気がしなくて、食事のときとかに、あら和代ちゃんがまだよって言いそうになるけどなあ」

「あたしもそう。レーちゃんたちが来てにぎやかにはなったけど、やっぱり和代ちゃんがいないとへんな気がして、そこで、ああ本当に死んじゃったんだなあって思うことがあるもの。光子さんは和代ちゃんと仲が良かったのに、あんがい薄情ね」

「いいじゃない、忘れたって。死んじゃったひとのことをいつまでも気にしてたってしかたがないわよ。だいたい、あたしなんて、旦那の命日さえすっぽらかしてるもの。二、三日してから、なんか忘れてるような気がして、半日くらい考えてようやく思い出すんだけど、ろくな人間じゃなかったし、まあいいかでそのまんま。写真は、浮気されてたのがわかったときに全部焼いちゃったから、このあいだなんか、どんな顔だったか思い出そうとしてもちっとも出てこないの。そのくせ、街であれっと思って目がいくと、似たようなうしろ姿の小男がいたりしていやになっちゃうんだけどさあ。あれ、あたしなんでこんなことを話してんだろう。そうそう、そんなことより、アキラさんはおむかいに移るんじゃないみたいね。ねえ、幸枝ちゃん、そうなんでしょう」

「あたしは節子さんから聞いただけよ。昨日、お薬を出してもらいに行ったときに、善男と有里さんが結婚した暁《あかつき》にはアキラさんをよろしくお願いしますって言ったら、へんな顔をされちゃって、あれっと思ってきいてみたら最初からそんな話はないんですって。考えてみればそうよね、いくら七十五歳でも、女性がひとりのところに若い男の子が一緒に暮らすっていうのはおかしいもの。おかげであたし、恥かいちゃったわ。誰、最初にそんなことを言い出したの」

「あたしは光子さんから聞いたわね」

「あたしもそうだわ」

「やあねえ、千代子さんも米子さんも。なんでもあたしのせいにすればいいと思って。あたしだって、誰かから聞いたのよ。あれはねえ、たしか薫子だったわ。そう、薫子がいかにも内緒で教えてあげるわって顔で、自慢げに言いにきたのよ」

「本当かしら。ダメよ、ここにいないからって薫子さんのせいにしちゃあ」

「そうじゃないわよ。薫子のヤツ、最近これ見よがしに有里さんと仲良くしようとしてるでしょ。迷惑がられてるのも知らずに。それでご機嫌をとろうとして、善男と結婚して有里さんが八方園にはいるなら、アキラさんにはおむかいの細川さんのところに移ってもらえばいいわ、とかなんとか勝手なことを言って、有里さんもしかたなくそうねって返事をしちゃったんじゃないかしら」

「それはあるかもしれないわね。ほら、あのひと、インフルエンザで入院してるあいだになった床ずれの治りが悪くて、おまけに腰まで痛めちゃったから、このままいったら寝たきりになる可能性だってあるでしょ。それで、そうなってもここに置いてもらおうと思って必死なのよ」

「でもさあ、薫子ってなまけ者よねえ。なんでも床ずれのせいにして、ちっとも動かないじゃない。それなら小さくなってりゃいいのに、今朝だって善男に福祉センターまでつれてってもらうんだって得意げに話すんだから、本当にいやになっちゃう。そりゃあ誰だってからだの調子が悪くなるときはあるけどさ、そのぶんまわりにシワ寄せがいくんだから、治るまでは静かにしてるのが気配りってもんよね。あら、なにがおかしいのよ。登志さんも失礼ね、ずっと黙ってたのに、こんなところで笑うなんて」

「ダメよ、光子さん。登志さんをいじめちゃ」

「なによ、幸枝さんだってそう思ってるくせに。いいですよ、どうせあたしはずうずうしくできてますよ」

「あらいやだ。でも、薫子は本当にちょっとおかしいわよね。あたしたちにだけじゃなくって、レーちゃんたちのことも女中かなんかだとかんちがいしてるみたいで、あれはもうひと月くらいまえになるのかしら、お風呂あがりにあの子たちに自分のからだを拭かせたって、善男が怒ったことがあったじゃない」

「あれはひどかったわよね。たまたま善男が用事で出てて、あたしたちと一緒にお風呂にはいることになったんだけど、あたしはカラスの行水だからさっさとあがって、薫子と子どもたちの三人だけになったら、出るときにタオルをわたして足からお尻までを拭かせたっていうんでしょ。レーちゃんとラーちゃんは、しかたなくやってあげちゃったんだろうけど、なんかへんだとは思ってたのよ。そりゃあそうよね、ここではこれまで一度だってそんなことをさせられたことはないんだから。おまけに口止めまでされちゃって。でも結局は、寝るときに善男にこんなことがあったって言って、あとはみなさんご存じのとおり」

「ちょっと工夫して自分ですればいいのに、届かないから拭いてちょうだいって、バカよねえ。なんかズレてるのよ、薫子は。だいたい、善男がそんなことを知ったらどうなるか、考えなくたってわかりそうなもんじゃない。口止めしたっていったって、レーちゃんたちが善男よりも薫子のほうを頼りにするなんてことがあるわけないんだからさあ。もう一度同じことをやったらここからたたき出すって言われて、泣いてあやまってたけど、あたしは善男がその場で追い出すんじゃないかって、気が気じゃなかったわ」

「ダメよ、幸枝さんはいい子ぶって。あたしはずうずうしいから正直に言いますけどね、薫子なんか放っぽり出されればいいって思ってたわ。あのひと、和代ちゃんがぽっくり逝っちゃったのを見たら、死ぬのが怖くなっちゃったんでしょ。それで、すっかりおかしくなっちゃったのよ。泣きながら政子さんたちの写真のまえでお祈りしてることもあるし。いくら祈ったたって、あれじゃあ天国に行けるわけがないわよ。ねえ、米子さん」

「あたしは、天国でも地獄でもどっちでもいいわ。とつぜんかわいい孫が二人もできて、毎日たのしくて、これ以上なにか言ったらバチが当たってしまうわ」

「まあね、それはそうよね。いいわ、この話はもうやめにしましょう。それで、アキラさんはどうするんですって」

「詳しくは知らないけど、大学の近くにアパートでも借りるんじゃないかしら。学校のほうがうんと忙しいみたいで、昨日だって帰ってこなかったでしょ。たいへんよねえ、お医者になるのも」

「一緒に暮らす女がいるわけじゃないのね」

「それはないんじゃないかしら」

「ひとは見かけによらないから」

「そうかしら」

「絶対なんてことは、この世にないわ。それに将来有望なのはまちがいないんだから、押しかけてくる女だっているかもしれないし。なんなら賭けてもいいわよ。どう、幸枝さん。アキラさんが同棲《どうせい》するかどうかに五千円」

「いやよ。そんなこと言っといて、負けそうになったら光子さんが自分で押しかけていきそうだもの」

「それじゃあ、これはどう。善男と有里さんが何年もつか。三年以上もつか、三年以内に別れるかで賭けない？　あたしが胴元をやるから、みなさんお好きなほうに賭けてよ」

「いやよ。もし善男にバレたら、どんなことになるかわからないし、あたしは二人に幸せになってもらいたいもの」

「賭けをするのに本音を言ったって、ちっとも面白くないじゃない。それに、今のところはいい感じだけど、なにがおこるかわからないのが結婚でしょ。おまけにふつうの結婚じゃないんだから。善男がいくらいい男だって、バツイチで、そろそろ四十歳だっていうのに、レーウィとラットナーにあたしたち六人までいるところで一緒に暮らすんじゃあ、そうそううまくいかないわよ。どう、誰か賭けるひとはいないの。千代子さんでも登志さんでもいいわよ」

「ちょっと、光子さん、もう黙って。善男が帰ってきたみたいよ。いい、今まで話してたことは、善男のまえでは口にしちゃダメよ。ほら、帰ってきた。おかえりなさい」

お嫁さんがやってくる

「わたし結婚することにしたから」

と言ったら、母が「えー」とマンガの吹き出しのような声を出した。

おいおい、素直によろこべよ。ことあるごとに三十五歳までにはなんとかしなさいよが口ぐせだったあんたにそんなリアクションをされたんじゃあ、せっかく教えてやった甲斐がないじゃないか。

「誰となの」

「さて、誰でしょう」

「後藤さん？　八方園の」

「大当たり」

みるみる青ざめてゆく母の顔から視線を父へと移すと、こちらは真顔でわたしを見つめている。

「おまえ、よく後藤君からYESの返事を引き出せたなあ」

いや、天晴《あつぱ》れ天晴れ、とでもあとをつづけそうな父のことばに思わず胸を張りたい気にもなったけれど、最愛の娘をとつがせるんだから少しはしんみりしろよと、両親の反応への要求は尽きない。なにせわたしは一世一代の賭けに勝ったのだ。

「結局は、彼もわたしの魅力に負けたのよ」

勝ち誇るわたしに母が突っこむ。

「でも、暮らす場所はどうするの？　後藤さんはお婆さんたちの介護があるからあそこから出られないでしょ。わたしは奥のお部屋までは知らないけど、あなたたち夫婦が独立して暮らせるような広さはないんじゃないかしら」

痛いところを突かれて、わたしは口をつぐんだ。


老人グループホーム八方園は新宿区上落合にある二階建ての木造住宅で、現在六人のお婆さんたちが入居している。建坪は約百二十平方メートル。一階は共同のリビングルームと台所&食堂、それにトイレと浴室と洗面所があり、二階には六畳の個室が廊下をはさんで四つずつ並ぶ。わたし、河原有里（三十二歳）の夫となる後藤善男（三十八歳）は、責任者兼介護福祉士として一階奥にある八畳の部屋に住みこんでいる。その手まえにもひとつ部屋があるが、こちらは事務所になっていて、机とスチール製の書類棚でびっしり埋まり、いつも奥に抜けるのに苦労させられる。

八方園は、敗戦からまもない一九五〇年ごろに、大学生相手の下宿としてオープンしたそうだ。ところが、七〇年代になるとしだいに学生は寄りつかなくなり、代わって行き場のないお婆さんたちが集まるようになった。そこに後藤善男がまいこみ、白川政子さんという大家さんの遺志を受け、入居していたお婆さんたちを引き取るかたちでNPO法人の老人グループホームを立ちあげたのである。

わたしは会計士として、七年まえの施設開園以来、八方園および後藤善男と関わりをもっているのだが、実はそれより三年まえに、三軒茶屋の劇場の舞台で彼をみている。チェーホフ作『かもめ』のトレープレフ役。『かもめ』自体は何度もみていたが、後藤善男のトレープレフにはほかの役者には求めようもない切実さがみなぎっていて、わたしはすっかり魅了され、追っかけになろうと心に決めた。しかし、なにか理由はわからないけれどもめごとをおこして、その後〈後藤善男〉の名前を公演キャストに見つけることはなかった。どこかよその劇団に移ったのではないかと、下北沢の小劇場のポスターを見て歩いたりもしたが、彼の行方をつかむことはできなかった。

その三年間に、わたしがひとときも彼を忘れなかったかと言えば、答えはＮＯである。大学の同級生とつきあったり、年上の男の不倫相手になりかけたりもしたが、再会した瞬間に彼だとわかったのも事実だ。ノーメイクの素顔を見るのは初めてでも、そこにいたのはまちがいなくあの後藤善男だった。神はわたしを見捨てることなく、ついに伴侶となるべき男性とめぐり合わせたもうたのだ。

というのはわたしの勝手な解釈であって、実際は偶然のなせるわざとしか言いようがない。しかし縁があったことはたしかで、人知ではたどりきれない偶然の絡み合いの結果を神意とみなしたとしても、あながちまちがいとはいえないだろう。

七年まえのある日、父の友人である札幌在住の弁護士から老人グループホームの経理と監査を依頼され、ボランティアという条件でもあり、貴重な休日にしぶしぶ上落合まで出かけてゆくと、そこに彼がいたのである。

「後藤です。このたびは迷惑をかけることになってもうしわけない」

むこうの依頼で来てやったというのに頭も下げず、彼はわたしのまえに立っていた。敬語抜きのぶっきらぼうなあいさつにわたしの全身がふるえる。まさか生きてふたたびこの声が聞けるとは思わなかった。天にも昇るというのはまさにあのときの気持ちだけれど、今から思い出してみてもわたしはおどろくほど冷静だった。以来、慎重に慎重を重ね、ついにわたしは彼の妻となることに成功したのだ。

元役者で現在介護福祉士というわかるようでわからない経歴に見合うように、彼の行動は常に破天荒なもので、二年まえには神社で神事につかう草の輪に火をつけて警察に逮捕（起訴猶予）されているし、つい最近も入居者一名が亡くなったあとを埋めるのに老人ではなく、身寄りのない子どもを二人引き取ってきた。十歳と九歳のかわいらしい姉妹なのだが、父親（日本人・暴力団関係者）は行方不明、母親（インドネシア人・ジャパゆきさん）は覚醒剤密売の罪で服役中というなんともことばに詰まる境遇の子どもたちである。この四月から八方園で暮らしていて、近所の区立小学校に通っている。先日申請が受理されて彼が養育里親となり、懲役七年の母親が出所するまで面倒を見ることになった。

わたしの父は弁護士で、八方園をＮＰＯ法人として立ちあげるさいに手を貸しているし、今度の里親の件でも手続きを代行したり、保証人になったりもしているので、後藤善男についてはわたし以上に詳しく知っている。もちろん父にも母にも、わたしが彼とつきあっていることは伝えてあった。それでも、わが両親は、まさかわたしたちの関係が結婚にまで発展するとは思っていなかったらしい。

「後藤さんがそんじょそこらのひとじゃないことはかあさんだってわかってるし、なさっていることも立派だとは思うけど、そこにとつぐとなれば話はべつよ。言いたくはないけど、あなたがそんな環境でやっていけるとは、とても思えないわ」

みくびらないでよ、と啖呵を切れない自分が情けない。公認会計士の資格を持ち、新宿新都心の高層ビル街にある監査法人で働いているとはいえ、わたしは三十二歳の今日まで一度も家の外で暮らしたことがない。洗濯も掃除も、もちろん食事のしたくも母にまかせっきり。はやりの分類にしたがえばパラサイト型の負け犬である。したがって、昨日ようやく結婚の約束を取りつけはしたものの、わたしだって不安でいっぱいなのだ。

「あなた自身のお仕事だってあるでしょ。結婚は結婚でいいけれど、できれば住居はどこかべつにってほうが現実的なんじゃないかしら」

と言いながら母は父に目配せをし、あなたもその線でプッシュしてくださいとうながしている。

たしかに、その点についてはわたしも何度となく考えた。八方園近辺にマンションを借り、彼に訪れてもらいながらそこに家庭を築く。お妾《めかけ》さんのようでいささかみじめったらしいが、現実的と言えばこれが一番現実的である。しかし、次の瞬間、わたしはわが父親の偉大さを知ることになった。

「結婚するなら、一緒に住まなきゃいけないよ。たとえ困難が山積みでも、それがわかったうえで決めたんだから、がんばってみるんだね。いわゆるふつうの結婚生活というわけにはいかないとしても、後藤君みたいな男に惹《ひ》かれたからには、キミにもなにかそういった欲求があるんだろう。ぼくはちょっと有里を見直したよ」

父に対して目から鱗《うろこ》が落ちるよりも先に、わたしはドンと背中をたたかれたような衝撃を受けた。さあ、今こそ家を出ろ。夫婦となって人生の荒海に漕ぎ出でよ。父からのメッセージを受けとめると、わたしは居住まいを正して両親にむかって頭を下げた。

「長いことお世話になりました。どのような未来が待っているかわかりませんが、おとうさんとおかあさんの娘として、しっかり生きていきます」

空耳《そらみみ》だとわかっていても、部屋には山口百恵の唄う〈秋桜《コスモス》〉が流れ、胸がふるえる。季節は初夏、五月下旬の日曜日。障子越しに明るい日差しがさしこむ午前十時半と、歌詞の内容とはいささかシチュエーションが異なるが、そんなことは問題ではない。からだの奥に眠っていた温かい思い出がつぎつぎによみがえる。昨日、彼に結婚を迫り、無理やり返事をもぎ取ったときのうれしさと不安が入りまじった感じとはまるでちがう。わたしは自分がたいせつに育てられてきたことをいまさらながら理解した。

娘のこんな姿を目の当たりにしては、母も反対する気は失せたのだろう。大きくため息をつくと具体的な質問をむけてきた。

「それで、後藤さんはいつあいさつに見えるの」

「今日。もうそこまで来てると思う。昨日の晩にメールで地図を送っておいたから」

涙でくもってよく見えなかったけれど、そのときの母の顔ったらなかった。携帯電話を取り出したわたしがメールを打ちはじめると、「ちょっと、すぐはダメよ。三十分は待ってもらって」と叫んで立ちあがる。

「お休みなのにいやにめかしこんでるからへんだとは思ったのよ。そういうことは最初に言いなさいよね」

小走りに廊下をかけてゆく母が発した声が障子戸のすきまを抜けてわたしの耳に届き、悪いとは思いながらもつい笑みがこぼれてしまった。

父は経堂の駅まえに弁護士事務所をかまえているけれど、弦巻《つるまき》の家の応接間でひとと会うこともある。だから、いつでも家のなかは掃除がいきとどいているし、お茶菓子も切らしたことがない。とはいえ、娘の夫となる男性があいさつにくるとなれば話はべつなのだろう。

母を弁護しておけば、父は彼から法律上の相談を持ちかけられるのでちょくちょく電話で話しているし、書類の受けわたし等で顔を合わせてもいるのだが、母はこれまで二度しか善男と会っていない。しかも彼は元役者というだけあって、かなり人目を引く容貌をしている。身長百八十三センチ、体重七十五キロの引き締まったからだのうえには異相というしかない顔がある。タテに細い輪郭に合わせたように目は吊りあがり、高い鷲鼻ととがった顎が鋭さを加えている。冷静に見れば二枚目なのだが、なれないとけっこう怖い。髪にはウェーブがかかっていて、短くしても長く伸ばしても格好がいい。ただし、近年、加速度的に白髪が増えてきた。声は低い。ふつうに話していても張りがあり、電話で声を聞くだけでも胸がときめいてしまう。要するに、わたしは彼にぞっこんなのだ。

もっとも、そんなにも素晴らしい男性に女っ気がなかったのには理由がある。彼は北大を四年で中退しているのだが、大学の演劇研究会にいた女性と結婚し、二人が中心となって札幌で劇団を旗揚げしたものの、公私共に悪戦苦闘の連続で、あげくの果てに彼の浮気が原因で離婚。劇団も空中分解。札幌を追われるようにして単身東京に進出。足がかりをつかんだものの、またしてもなにか問題をおこし、役者として活動することはほぼ不可能になった。そんなとき下宿の大家さんが亡くなり、後事をたくされた彼は、役者の仕事のあいまに取得した介護福祉士の資格が役に立つことになり、今に至っているというわけで、つまるところ女性にうつつを抜かしている暇などなかったのだ。

このあたりの事情は、二年まえから八方園に下宿している彼のいとこから聞き出した。

上杉瞭といって、最初に父に相談を持ちかけてきた札幌在住の弁護士の息子である。善男とは十八も歳が離れていて、現在は東京医科歯科大学の医学部二年生。こちらはごくふつうのかわいい男の子なので、「アキラ君」と呼んで、八方園でのわたしのおしゃべり相手をつとめてもらっている。予定では、わたしと入れ替わりに八方園を出て、大学近辺のアパートに移ることになっているのだけれど、その場合わたしの存在は後藤善男の妻というよりはグループホームの一入居者にとどまってしまう。屈辱的とさえ言いたくなるようなあつかいだが、今のところほかに妙案はない。彼がどうしようと思っているのかもわからない。それでも二の足を踏んでいるよりは、結婚にむけて一歩ずつでも進んでいるうちにいいアイディアが出るのではないか、というのが現在わたしが置かれている状況である。これでは不安になるなというほうが無理だろう。

そんなわたしの心中を見抜いているのか、父は座布団にあぐらをかいたままパイプを銜えている。ただし、葉は詰められていないし、火をつける気配もない。

「いいよ、吸っても」

と言うと、

「母親になるかもしれない女性のまえでは吸えないさ」

と答えてくれる。いつもならキザったらしいことを言ってとバカにするところだけれど、とてもそんな態度をとる気にはなれなかった。

「キミも一度会ったことがあるアキラ君の父親の上杉三郎ってのは碁が強くてね。アマ六段で、たぶん弁護士のなかでも三本指にはいるんじゃないかな。ぼくもたまにネットで打ってもらうんだが、とてもかなわない。たしか善男君の父親もそこそこ碁が強いって話だったな。有里は聞いたことがある？」

「ううん、ない。善男は自分の家族のことはほとんど話さないから。でも、アキラ君から少しは聞いてる。善男のおかあさんが亡くなったのが十八年前で、おとうさんは再婚しないまま、今は札幌のマンションで独り暮らしなんでしょ。この三月で北電の相談役も退いたから、気が抜けたみたいで、お風呂場でころんで右足首を捻挫したんだってさ。だから、妹であるアキラ君のおかあさんが家のことをしにいってるんだって。もうだいぶ良くなったらしいけどね」

「そうなのか。それは心配だね。おとうさんのケガのことは善男君は知ってるの」

「一応伝えたけど、聞こえないふりをしてたなあ。もう十年も会ってないんでしょ、あの親子は」

「十年かあ」

ため息まじりの声で言うと、父は右手に持ったパイプを指の腹でなぜまわした。これは思い悩んだときの父のくせで、本人曰く、こうしていると指の脂が木に染みてやがて得も言われぬ味わいになるのだそうだが、要するにチックの一種だ。

「キミたちの結婚が仲直りのきっかけになるといいね」

と言ってくれたが、なにか釈然としないものがあるようで、手からパイプが離れない。

「でも、あれだね、おとうさんとおかあさんみたいに若いころからずっとおたがいを知ってるって場合と、わたしたちみたいなのじゃ同じ結婚でもぜんぜんちがうね。おまけにわたしは昔の大家族のころのお嫁さんって感じ。しかも後妻さん。なにしろ八方園には姑《しゅうとめ》が六人に小姑が二人。血縁は介在してないっていうのが今ふうかなあ。友達に話したら、状況を理解してもらうのがたいへんだった」

実際、わたしの恋愛は友人たちからほとんど賛同を得られていなかった。

「ボランティアにもほどがある」

というのが大半で、真剣に忠告されることばかり。八方園の入居者は貧乏なお婆さんたちばかりなのだから当然やりくりは苦しく、臨時の出費を考えれば貯えはいくらあっても足りないからと、彼は月給として三万円しかもらっていない。都と区からそれぞれわずかずつではあるけれど援助も出ているし、十万円もらっても運営に影響はないのだが、がんとして取ろうとしない。食費も家賃も払う必要はないのだから死にはしないとしても、結婚後もわたしは生涯自分でお金を稼ぎつづけなくてはならないのだ。

彼の写真でもあれば風むきを変える自信はあるのだけれど、とても一緒にプリクラにはいってとは頼めないし、携帯電話のカメラで隠し撮りでもしようものなら、バレたときには電話ともどもわたしまで握り潰されそうな気がする。ましてや女友達の集まる場に顔を出してと言えるはずもなく、長らく彼は謎の人物としてあつかわれていた。わたしだって外でデートしてもらえたのはたった一回だけなのだ。

しかたがないので、日曜日に親友の女の子二人を八方園につれていったことがある。そもそも上落合というのがマイナースポットであるうえに、老人ホームに行くのなんてといやがられたけれど、お願いだからと拝み倒し、施設の見学と称して彼を見てもらった。ただし、結果は芳しくなかった。

「飛びっきりのレアものね。でも、お近づきになりたいとは思わないわ」

「子種《こだね》目当てならわからなくもないけど、有里はそういったタイプじゃないもんね。あきらめるなら早いほうがいいよ」

などと言われ、かえって良からぬうわさに拍車がかかってしまった。

気がゆるんだせいでそんなことを思い出していると、わたしの弱気が伝染したようで、父の表情が悲しげになる。さっきは一緒に暮らせと背中を押してくれたのに、やはり先ゆきが心配なのだろう。

「でも、ほら、彼の場合はドメスティックヴァイオレンスとかの心配はぜんぜんないから」

弁護士さんがあいづちを打ちやすい話題を振ってあげたつもりなのに、父は返事もせずにパイプを見つめている。そこでチャイムが鳴り、母の「見えたわよ」の声にうながされてわたしは玄関にむかった。父も立ちあがって、応接間に移動する。

廊下を曲がると、広くて明るいわが家の玄関に彼が立っているのが見えた。ネクタイはしていないが、ワイシャツに赤褐色のスーツ姿で、無精髭も剃っている。一見ホストふうの格好だけれど、全身からあふれ出る気合いがちがう。昨年末の入居者の葬儀のときも革ジャンでとおしたし、お正月に歌舞伎座にさそったときにも同じ格好だったので今日もそうだと覚悟していたのに、これはうれしい誤算だった。

もっとも、わたしは手放しでよろこんでいたわけではない。わたしだって少なからぬ年月を一人前の会計士として働いてきたのだし、自分の容姿や能力を卑下するつもりもないが、はっきりいって盛装した彼の水際立った男ぶりに圧倒されていた。母は完全に持っていかれている。わたしはこの男性にふさわしいのだろうかという疑問と、わたし以外に誰がいるのだという自負が交錯し、彼と目が合ってもすぐには笑顔になれない。わたしは微笑《ほほえ》む代わりに背筋を伸ばして顎を引く。

「有里、あなたなにをしてるのよ。後藤さんにごあいさつなさい」

「うん、ようこそ。おとうさんは応接間」

どうしてこうも無愛想なのか自分でもわからなかったが、応接間では父がわたしに輪をかけて緊張した面持ちで彼を待っていた。

「有里から、キミと結婚することになったと聞きました」

そう話し出した口調は真剣そのもので、見ると右手でパイプを握りしめている。わたしは父が反対に転じたのではないかと気が気ではなかった。

「かねがねキミのことは知っているし、信頼どころか尊敬すら感じている。ですから、もちろん祝福しようと思っています。ただね、ひとつたしかめておきたいことがある。キミはこの四月に引き取った二人の女の子の養育里親になっていますね。さらにグループホームに住みこんで六人のお婆さんたちの面倒を見ているとなると、この結婚は二人で新たな生活をつくるのではなく、キミがつくりあげてきた関係のなかに有里が加わるという性質のものになる。それはまあ、子づれの男性と結婚した場合は程度の差はあれ往々にしてそうなるし、有里もそれを承知で結婚を望んでいるわけだけれど、キミの生活環境はかなり特殊だからね。それでぼくがきいておきたいのは、二人のあいだで子どもをもうけるのかどうかということなんだが……」

予想もしない質問におどろきはしたが、ことばにされてみると、それこそがわたしのなかでわだかまっていたことだと思い当たる。つまりわたしは、彼がわたしを八方園の新メンバーとしてだけでなく、配偶者であり、妻という特別な存在として認めているのかがわからずにいたのだ。

なぜそんな基本的なことで不安をいだいたのかと言えば、わたしはともかく、いまさら彼が結婚を必要としているとは思えなかったからだ。実際、昨日の夕方、結婚したいと迫るわたしに対して彼は冷静そのものだった。

「わかった。結婚しよう。明日、ご両親にあいさつにうかがうよ。婆ぁども子どもたちには、機会をみて伝えておく」

わたしたちは立ったまま対峙《たいじ》していたが、今まさに結婚が決まったというのに、彼は右手でわたしの肩をたたいただけだった。まだ二度だけだけれどセックスもしているし、キスは抜きでもせめて抱き寄せるくらいはしてほしいと思っても、その気配はない。場所は八方園のリビングルームの奥にある事務所で、わたしが帰るに帰れずとまどっていると、とつぜんドアが開く。レーウィとラットナーの姉妹が善男にとびつき、問答無用の勢いで部屋からつれ出してしまう。情けないかな、ひとり残されたわたしは呆然《ぼうぜん》となってしばらく動けなかった。

豪華な婚約指輪がほしいわけではないし、新婚旅行に行けるとも思っていないが、結婚するからには、これからどうやって暮らしてゆくのかを、ああでもないこうでもないと、時間を気にせず話し合いたいではないか。しかし、わたしにとっては、それこそが最大の高望みなのだ。

もっとも、わたしはそれを承知で結婚を迫ったのである。去年の暮れに和代さんが亡くなり、その後春先までつづいた八方園の混乱が新たに二人の子どもを引き取ることでいったん終息したとき、わたしは自分が深刻な立場に置かれたことを理解した。今割ってはいらなければ、わたしのポジションはなくなってしまう。六人のお婆さんたちと二人の姉妹はちょうど祖母と孫の関係になり、男親の彼をお婆さんたちがサポートしながら孫を育てるという家族形態が完成すれば、そこにわたしのはいる余地はない。

実際、レーウィとラットナーは善男にベッタリだった。そして、それはまちがいなくよろこぶべきことなのだ。母親が逮捕されてからは施設にあずけられていたとはいえ、彼女たちは家出をしては野宿をくり返していたというし、それ以前の暮らしもおおよそ想像がつく。

アキラ君から聞いたところによれば、八方園に引き取られたとき、彼女たちは軽度の栄養失調状態にあり、自律神経にも異常がみられた。肉体的にも精神的にもほぼ限界に達していたわけで、ここが自分たちにとって安心できる場所だと理解すると、一週間ほどのあいだ食事以外はずっと眠っていたそうだ。

「けっこうビックリしましたよね。最初の三日間は変わらなかった体重が、その後は毎日三百グラムずつ増えて、十日もするとすっかり見ちがえるようになりましたから。海難事故で漂流したり、雪山遭難なんかで数日間食事をとれない場合の記録はあるんですが、大人の場合がほとんどだし、子どもの栄養失調っていうのはめずらしいんで、勉強になりました。お婆さんたちは戦中戦後のことを思い出したみたいで、なにかにつけて涙ぐんでましたけどね」

回復してからは二人は善男になつき、トイレに行くとき以外はかたわらを離れず、お風呂にも一緒にはいるし、眠るときも一緒。学校に行かせても逃げ出してきてしまうので、しかたなく毎日彼が教室にまでつきそっている。二人とも日本語があまりできないので、学校では特別支援学級に入れられているために、そういったことも可能らしい。

誤解のないように言っておくが、わたしだって彼女たちのことは大好きだ。たいへんな環境で育ってきたというのに性格はねじくれていないし、なにより姿形が美しい。衣類の見立てはわたしにまかされているので、スーパーの衣料品売場に一緒に出かけて着せ替え人形よろしくシャツやスカート、それにかわいいパンツを取っかえ引っかえしながらキャーキャー言ってはしゃいだこともある。もっとも、混血であることが一目瞭然の女の子たちをつれていると少なからず周囲の反応が気になり、そんな自分がつくづく情けなかった。簡単に気持ちの整理がつくはずもないのだし、時間をかけて彼女たちとつきあっていくしかないのもわかっている。しかし、わたしが一緒にいられるのは今のところ週に二、三時間なのだし、彼女たちが来てからというもの、八方園におけるわたしの存在感は薄くなっていく一方なのだ。

そんなわたしとは裏腹に、お婆さんたちにとって、孫に当たる存在ができたことはおどろくほどの効果をあげていた。まず文句が減ったし、表情も明るくなった。以前はなにかにつけてもめごとがおき、それを善男が過激にまぜっ返してバランスが維持されていたのだが、レーウィとラットナーがいると誰もケンカ腰にならず、穏やかにことが運んでゆく。精神面での安定は健康にも影響を与えていて、お婆さんたちは不眠や便秘に悩まされなくなり、血圧も安定しているらしい。まさにいいことずくめで、ウソのようだが、本当なのだ。

せっかく彼になついているレーウィとラットナーには悪いのだが、そして機嫌よく暮らしているお婆さんたちにももうしわけないのだが、わたしはなんとしても後藤善男の妻となり、彼とのあいだに子どもをもうけたいのである。たとえ、それが、彼が苦労して築きあげてきた血縁の介在しない共同体を否定することになろうとも。

したがって善男が「結婚しよう」との返事をくれたとき、わたしはよろこびつつも彼の真意がわからず、またそれをたしかめることもできないまま今日の対面にのぞんでいた。だから、父の問いは、これ以上なく的確にわたしの気持ちを代弁していたのだ。

さすがは弁護士、と手をたたきたいところだったけれど、もちろんわたしにそんな余裕はなく、反射的に善男に顔をむけてしまう。わたしの表情で、事前の打ち合わせがなかったことは伝わっただろうが、彼は非難がましいそぶりは微塵《みじん》も見せず、父がつづけて発することばを受けとめていた。

「キミに、まえの奥さんとのあいだに娘さんがいることは知っています。上杉三郎君から聞いて、現在に至るまでお二人とキミの親御さんとの関係がつづいていることも知っている。しかし、それはぼくらがどうこう言うことではない。うかがっておきたいのは、八方園のなかにあえて夫婦という単位を持ちこもうとすることについてキミがどう考えているのかということです。くり返しになるが、それはつまるところ子どもをつくるのかどうかということになると思うんだが」

　客側のひとりがけのソファーにすわった善男は、口を結んだまま父の話を聞き終えた。身長は百八十三センチもあるのに脚が長いので座高は低く、頭の位置は対座している百七十センチちょうどの父とあまり変わらない。わたしごときと結婚するのにこんな目にあわせてしまってもうしわけないと思うのと同時に、わたしもまた彼に対して誠実であらねばという気持ちがわきおこる。女は、父親から夫へ譲渡されるのだといった決まり文句が、いかにそれぞれの存在をみくびったものだったかがわかる。

「ことの性質上いつとは断言できませんが、子どもは生まれるでしょう。運悪く生まれない場合もあるわけですが、それは今の時点で考えるべきことではないと思います」

　おちついた口調で発せられた彼の低い声が部屋の空気をふるわせて、安堵した父は右手に持っていたパイプをテーブルに置いた。

「失礼な質問をしてしまったね。許してもらいたい」

　父が頭を下げるのに合わせて善男が目を伏せる。その姿を見て、わたしは彼が自分の行動についてあらかじめ意図を説明したり、言いわけをしないことをようやく思い出した。

　彼が八方園をどうしようとしているのかはわからない。おそらく、彼自身にもわかっていないのだろう。和代さんが亡くなったあとに、お婆さんたちが立てつづけにインフルエンザにかかったとき、善男は見苦しいほど動揺していた。子どもたちを引き取ることになったのは、お花見に行った新宿御苑でたまたま彼女たちと遭遇したからだ。二人を里子にしようと決めたときのうれしそうな顔を、わたしはよくおぼえている。そして、ようやくひと段落ついたと思ったら、わたしが押しかけてくる。本当にいい迷惑だと思う。

このひとは、わたしが知っている誰よりも強く悩む。そして、悩みの強さにはじかれるようにつぎの行動に移る。その操作はすばやく、なにも考えていないようにさえ見え、むちゃくちゃな場合も多々あるが、他人を受け入れようとする姿勢は一貫している。きっと、婚姻も恐れずというのが、わたしのプロポーズを承諾した彼の心境なのだろう。したがって問題は、わたしが八方園できちんと暮らしていけるのかということだ。

「お昼を召しあがっていってくださいね」

場の空気を変えようと母がことばをはさんだけれど、善男は子どもたちが待っているのでと断り、わたしに顔をむけた。

「来週の土曜日に時間をつくれないかな。婆さんと子どもたちがお祝いをしたいって言ってるんだ」

駅まで送るからと言ったのに、彼はひとりで帰っていった。見送ったわれわれ親子三人は、玄関で呆然と立ち尽くす。さいわい頼んでおいた出前を届けに寿司屋の若者があらわれたのでわれに返ることができたが、そうでなければいつまで立っていたかわからない。

居間にもどって三人で四人まえのお寿司を食べながら、母は来週土曜日のパーティーに自分たちも参加していいものかどうかきいてくれと言ってうるさかった。父は、家庭問題を専門としていながらみっともないことを言ったものだと落ちこんでいる。

「自分の娘のこととなると、まさか、ここまでダメになるとは思わなかった。すぐにあいさつにきてくれたことをもって後藤君の決意は推し量れたはずなんだが、それができなかった」

同じようなことをぶつぶつとくり返してはパイプをなぜているので、なかなかお寿司が減っていかない。

「でも、これでようやく治子《はるこ》おばあちゃんの呪いがとけたわね」

と母が言い、そこでようやくわたしたちは笑顔になった。

治子おばあちゃんというのは、母方の祖母だ。ただし後妻さんで、自分では子どもを生んでいない。先妻は伊代《いよ》さんといい、母は四人きょうだいの末娘になる。伊代さんは、母を生んでから二年後の一九四七年に結核で亡くなった。おじいちゃんが治子おばあちゃんと再婚したのは一九五〇年で、五十二歳のときだというから、おじいちゃんは一八九八年生まれなんだと、わたしは小学三年生のときにわかって、母にほめられた。おじいちゃんは戦前は鉄道省にいて、ぎりぎりで戦争にとられず、敗戦後は交通公社の役員になったが、あまり羽振りはよくなかったらしい。

小さいころはよくわからなかったのだが、そういうわけなのでわたしには親戚が三セットいた。父方の河原の親戚と、母方の佐藤の親戚、それに治子おばあちゃんの親戚。母がひとりだけ歳の離れた末娘だったせいで治子おばあちゃんは母と気が合い、というよりも母以外の子どもたちとはものすごく仲が悪かったので、お正月やお盆にも佐藤の親戚は茗荷谷《みようがだに》の家には寄りつかず、わたしだけが治子おばあちゃんの姪《めい》やその子どもたちに遊んでもらった。治子おばあちゃんはお茶とお華のお師匠さんで、家でお弟子さんたちにお稽古をつけていた。それから三味線もひく。おじいちゃんと一緒になってからは謡《うたい》も習い、いつだったか二人で能楽堂で謡ったのをみに行ったことがある。茗荷谷の家は治子おばあちゃんが建てたものだったので、おばあちゃんはおじいちゃんが亡くなったあともそこで独り暮らしをつづけ、精神的にも金銭的にも佐藤の親戚の世話になることなく、十年まえにぽっくり亡くなった。八十四歳だった。

そんな生活態度が影響したのか、治子おばあちゃんの親戚には結婚していない女のひとがやたらに多い。二人にひとりは独身だったと思う。とくにわたしより十五歳くらいうえから並ぶ治子おばあちゃんのきょうだいの孫たちは全滅で、男はともかく女たちはまるで結婚していない。正確にいえば、つれ合いというか恋人というか、特定の相手がいるひともいるのだが、その場合でも籍は入れていないし、子どもも生んでいない。染色家に音楽家に建築士、はたまた学校の先生と千差万別、多士済々にもかかわらず、というかそれゆえにというべきなのか、家庭らしい家庭をつくらないことでは共通していて、わが家では秘かに治子おばあちゃんの呪いと呼ばれていた。

最近は負け犬などということばがはやってしまったが、父と母は治子おばあちゃんの呪いの犠牲者のことを「才女たち」と呼んでいた。青山学院大学の経済学部在学中に公認会計士試験に合格したわたしは才女たちの掉尾《ちようび》をかざることになり、それなりに身を持している才女たちの前例があったおかげで、両親もわたしのふるまいに目をつぶってきたのだと思う。

言い忘れていたが、わたしには三つうえの兄がいて、こちらは大学卒業後すぐに高校のときからつきあっていた同い歳の女性と結婚した。ちょくちょく家にも来ていたのでよく知っているのだが、奥さんは良妻賢母型の女性で、慎ましやかにひらかれた披露宴でも穏やかな笑みを絶やさず、各テーブルを手作りのケーキでかざり、わがほうの親戚たちの評判をかちえていた。もっとも、わたしをふくむ才女たちは、兄は治子おばあちゃんの呪いの犠牲者であるわれわれを反面教師にして相手を選んだのだといった話題で盛りあがっていた。

ところが、呪いをかわしたはずの兄たちは、結婚十二年目の現在も二人きりである。不妊症で、ずいぶん治療も受けたらしいが、どうしても妊娠には至らない。詳しいことは悪くてきけないと母も黙っているので、わたしたちはしだいに兄夫婦とは疎遠になっていった。そんな環境で暮らすのにくたびれたのか、兄は三十歳のときに大手の商社から外資系の保険会社へと移り、二年まえから夫婦で上海にいる。

こういったわが家の状況を踏まえてみると、さっき父が善男にむけた質問はまったくべつの意味を帯びてくる。つまり、老人グループホーム八方園という特殊な場所に暮らす男性のもとにとつぐ娘の立場を思いやるあまり、夫婦のあかしとして子どもを持つことへの意思を確認した父のことばは、うがった見方をすればたんに河原家の子孫を望むだけのものでしかないからだ。

わたしに八方園で暮らせと言った父が、そんな意図を隠し持っていたとは思えない。ただ、子どもを生むというからには、現行の戸籍法上ではそういった関係が発生せざるをえないのも事実であり、離婚調停をふくむ家族間の法律問題を専門とする父がそのことに気づかないでいるはずもない。経済的なものもふくめたわが家の状況からみれば、わたしが籍を入れずに子どもだけ生んだとしてもなにも困ることはないどころか、そのほうが好都合であるとさえいえるのだ。

もちろん父や母はそこまで厚かましい人間ではないし、なによりわたしの幸せな結婚生活を願ってくれているはずだ。わたしだって、今この場で、まだ生まれるかどうかもわからない子どものあつかいについて、河原家としての立場を確認しておこうとは思わない。

「まあ、あれだ。本当に会計士の資格を取っておいて良かったな。そうじゃなければ、いくらなんでも心配でかなわないよ。しかし、ついに有里も結婚するか」

なにをどこまで推し量ってのことばかはわからなかったが、そこで父が立ちあがり、昼食の席はお開きとなった。

あまったお寿司はタッパーに入れ、寿司桶を洗って玄関先に出してしまうと、わたしは階段をのぼって二階にある自分の部屋にもどった。中庭に面した南むきの窓からさしこむ日差しで部屋の空気は暖かい。薄い生地の膝丈のスカートにカーディガンという格好のままベッドに寝ころぶ。そのまま横に一回転しても、セミダブルのベッドにはまだ余裕がある。

このベッドは、公認会計士試験の合格祝に父に買ってもらったものだ。もう十年になるが、まさに使いごろといった感じで、熟れたスプリングがわたしのからだをやさしく受けとめてくれる。ベッド本体はフランス製のものを日本で購入したのだが、かけ布団のカバーは卒業旅行でアルハンブラ宮殿に行ったときに、マドリッドの寝具店で見つけたものだ。シルクで、イスラームの唐草模様がモダンにデザインされている。以来すっかりスペインが気に入り、アルハンブラ宮殿には三回訪れた。

わたしは監査法人事務所に雇われているが、公認会計士の資格があるために、年収は七百万円を超えている。ただし高収入だけあって、仕事は苛酷の一言に尽きる。主に巨大企業グループの監査を行なっているので、ミスは絶対に許されず、尋常ではない緻密さと注意力が要求される。大がかりな監査だと数カ月間にわたって連日連夜仕事に追われるため、ひと段落つくと海外に逃げ出すという習性がついた。

ギャンブルで散財したり、ブランド物を買いこんだりはしないまでも、ヨーロッパの観光地で快適な数日間をすごしてリフレッシュする。魅力あふれる未知の街は数限りなくあり、地球は美しく、つぎはどこへ行こうかという期待をエサに自分を励まし、成田空港を〈どこでもドア〉代わりに出国と帰国をくり返すようになった。

そうはいっても、年に三度も海外に出ていれば、三年で飽きる。その後も疑問はつのりつづけたが、ホスト買いに乗り出すわけにもいかず、なかば惰性で同じ場所に一、二週間滞在することをおぼえ、気がつけば上野や浅草よりもスペインの田舎町のほうが身近に感じられるようになっていた。

しかし、もうそういった暮らしはやめにしたいのだ。才女たちにはそれなりの緊張感もリスクもあっただろうが、負け犬には時間とともに緩慢にすり減ってゆく自己愛しかない。その過程に耐え抜くことにもなにがしかの意味はあるかもしれないが、わたしはできることならご遠慮もうしあげたい。かといって、ふつうの結婚をして主婦に納まりたくもない。わたしは自分が贅沢なことで悩んでいるのはわかっている。けれども、わたしだって必死なのだ。そうでなければ、誰が六人の老婆と二人の女の子の待つ狭苦しい空間に進んで飛びこんだりするだろうか。

それにしても、あそこには本当にわたしを満足させるものがあるのだろうか。そして、わたしは、このうえなく快適な父と母と一緒の暮らしに別れを告げられるのだろうか。

何度となく思い悩んできた問いがまたしても頭をよぎり、わたしはベッドのうえで寝返りをくり返す。きっと、来週の土曜日までこの懊悩《おうのう》はつづくのだと思ったとたん、わたしは立ちあがって机のうえの携帯電話にとびついた。大急ぎでボタンを押し、つながるのを待ちながら、わたしの心はすでに札幌に飛んでいた。

「アキラ君？　わたし、有里だけど」

「あっ、有里さんですか。あの、ご結婚おめでとうございます。今朝善男さんが教えてくれて、お婆さんたちもみんなよろこんでるし、レーウィとラットナーもお嫁さんがくるって、楽しみにしてますよ」

「ありがとう」

と答えてから、わたしはことばに詰まる。電話のむこうでアキラ君がとまどっているのがわかるが、すぐには口が動かない。

ねえ、レーウィとラットナー。今はまだお嫁さんでいいけれど、女はもっといろいろな生き方ができるってことを、わたしが身をもって教えてあげるからね。勉強も見てあげる。あなたたちは二人とも美人になるでしょう。でも、力はひとつだけじゃなくて、いくつあってもいいのよ。おかあさんがあんな目にあっているんだから、せめて同じ罠《わな》にははまらないような人間にならなくちゃ。

「あの、有里さん」

「ごめんなさいね。べつに泣いてたんじゃないわよ」

「そうは思いませんでしたけど」

「それもなんだかだけど、まあいいわ。あなた今どこにいるの」

「どこって、八方園の自分の部屋ですけど。善男さんはまだ帰ってきてませんが」

「じゃあ、ちょうどいいわ。あのね、わたしはこれから札幌に行って善男のおとうさんに会ってこようと思うの。だから今すぐ先方に連絡して、夕方自宅に居てくれるように頼んでくれないかしら。まだ弦巻だから、うまくいって羽田を午後三時。となると札幌には五時半ってとこね。ご迷惑でしょうが、勘弁してもらうしかないわ。あと、おとうさんの家の住所と電話番号をメールでわたしの携帯に送ってもらいたいんだけど。もちろん善男には内緒にしてね」

「あの、伯父さんはまだお二人の結婚については知らないわけですよね」

「そうね。彼が自分で伝えてないなら」

「それなら、ぼくから直だと伯父さんがおどろくと思うんで、ウチの親を経由してもいいですか。もちろん、善男さんには黙ってますから」

「いいわ。それでお願い」

「わかりました。では、ぼくの母に有里さんのメールアドレスと携帯電話の番号を教えて、母のほうからそちらに連絡をさせるようにします。母の名前は悦子《えつこ》といいます」

「ありがとう。恩にきるわ」

携帯を閉じるのと同時にスイッチを入れたパソコンが起動するのを待ち切れず、納戸の奥から小型の旅行カバンを取り出して下着と靴下と化粧道具を詰めてゆく。たしか新千歳発の最終便は各社とも二十一時半だったから、万一の場合は明日の始発便で羽田にもどってそのまま出勤ということもありえる。というか、まずまちがいなくそうなるだろう。わずか一、二時間の対面で失礼するわけにはいかない人々のもとへとわたしはむかうのだ。ただし、仕事を休むわけにもいかない。

そこでパソコンが起動し、まずは新千歳行の便を確保する。次に、羽田にもどるための今日の最終便と明日の始発便の両方に予約を入れ、市内中心部のホテルも予約。ホッとひと息つくまもなく、猛スピードでスーツに着替えてゆく。カバンを抱えて階段をおりると、運良く台所に父と母がいた。

「今から札幌まで行って、善男のおとうさんとおかあさんにあいさつしてくるわ。帰ったら、そのまま八方園で暮らします。荷物はそのうち取りにくるから。それから、土曜日には二人で八方園に来てね。きっとそれがわたしたちの結婚式になるんだわ」

呆気にとられている両親を尻目にわたしは外に出る。角をひとつ曲がれば表通りなので、すぐにタクシーがつかまった。

「羽田まで、大急ぎでね。チップははずむわ」

思わずハンドバッグをパンパンとたたき、はしたなかったとは思いつつも、お金はこういったときにこそ使うのだとなにやら興奮し、環七を東京湾めざして進むタクシーのフロントガラスに身を乗り出すようにしていると、さっきベッドのうえで悩んでいたことなどきれいさっぱり忘れてしまった。やっぱり、わたしはこうじゃなくちゃいけない！

「えー、今わたしはどこにいるのでしょうか」

「なに言ってんだ？　おまえ、かなり酔ってるだろう」

「へへえ、そんなことはどうでもいいのです。さて、わたしは今、どこにいるのでしょうか」

そうくり返すわたしのうしろでアキラ君のおかあさんの悦子さんが笑いだしてしまい、その声で善男も気づいたようだった。

「おまえ、さては札幌にいるんだろ」

「へへえ、大正解。今、順にみなさんに替わりますからね」

「いいよ、替わんねえで。畜生。おい、アキラ。おまえ、裏で糸を引いただろ」

「ちがいますよ。アキラ君は関係ありません。全部わたしが自分でしたことです。怒りたければ、明日の一番でこっちにいらっしゃいよ」

由緒あり気な洋館の居間で、わたしはすっかりご機嫌だった。なにしろ昨日と今日の二日間で、将はもちろん馬までをも見事に討ち果たしたのだ。しかも味方は増えるばかり。これでは勝鬨《かちどき》のひとつもあげたくなろうというものではないか。

初めは遠慮がちにいただいていたのだが、ワインのおいしさにつられてついつい杯を重ね、その勢いで東京は新宿の八方園にいるわが夫、後藤善男にも本日の成果を報告せずにはいられなくなったのだ。ただし、悪のりしかけたわたしを見かねたようで、悦子さんに受話器を取りあげられた。

「お久しぶり、元気？　結婚おめでとう。いいのよ、お昼すぎにアキラから電話をもらったときはおどろいたけど、おおよその話は聞いてたし、いずれはこうなると思ってたもの。兄さんはひたすら恐縮してたけどね。あのひと、このところすっかり丸くなっちゃったから、そのうちケンカでも売りにきてあげなさいよ。そうじゃないとぽっくり逝っちゃうわよ。ねえ、いいひとと出会えてよかったわねえ。わたしは初めてお目にかかったけど、お似合いだと思うわよ。秀子さんだってよろこんでるはずだわ。お節介ついでに言いますけどね、お盆には二人でこっちにいらっしゃいよ。わかったの？　ちゃんと返事をなさい。有里さんがお線香をあげにきたのに、あなたが来ないってわけにはいかないんですからね」

強い緊張から解放されたせいでワインの酔いがまわり、わたしはすっかりいい気持ちだった。叔母が甥《おい》にむけて語る、長年の親愛に裏打ちされた明るく爽やかなお説教をいつまでも聞いていたかったけれど、悲しいかな尿意をそう長くはがまんできない。そろそろと立ちあがると、壁に片手をつきながらわたしはトイレにむかう。

この邸宅は、善男の祖父が大正時代に建てたものだそうだ。文句なしの逸品で、北海道の文化財にも指定され、今いるお二人が亡くなったあとは道に寄贈される方向で話が進んでいるという。生まれ育った家なのだし、部屋数にも余裕があるのだから、善男の父親である後藤一郎氏もここに住めば良さそうなものだが、こちらはひとり、宮の森のマンションでがんばっている。もっとも、無役となってからは暇を持てあまし、夜遅くまでアキラ君の父親を相手に碁を打ってはタクシーで引きあげていくという。

「骨の髄までブルジョワだな」

といった捨て台詞が吐かれそうで、善男には黙っているほうがいいのだろうが、そんなことを言うなら、自分だって根っからのドラ息子ではないか。それを承知でわたしは善男と結婚することにしたのだし、新千歳空港からまっすぐあいさつにむかった善男のおとうさんのことだっていやではなかった。公認会計士という仕事柄、一流企業の役員など見なれているせいもあるだろうが、なにしろ父子で瓜二つなのだ。背格好から表情のつくり方までそっくりで、わたしは善男ももう三十年もたてばこうなるのかと思って、おかしくてしかたがなかった。

それに、カエルの親は、やっぱりカエルである。妻を交通事故で亡くし、期待をかけていたひとり息子は大学を中退。せめて打ちこんだ芝居でものになってくれればとの願いもかなわなかったことへの忸怩《じくじ》たる思いは、わたしごときの目にもはっきりと透けて見えた。そうでなければ、息子と離婚したあとの妻子の面倒を見つづけたりはしないだろう。不意の訪問者を迎えた後藤一郎氏は、とても元大蔵官僚とは思えないほど恐縮していた。

「つい二時間まえに悦子からの電話で知ったもので、ビックリしてしまってね。いや、息子がご迷惑をおかけして本当にもうしわけない」

それから後藤氏は、わたしもすでに知っている善男の過去の行状について詳しく語り、それでもかまわないのでしたらと念を押す。恵子さんと花ちゃんの現在の暮らしぶりにはふれられず、わたしのなかのわだかまりは完全には解消されなかったが、かといって自分からきくわけにもいかない。わたしは、善男さんのおかあさまのご仏前にあいさつにうかがいたかったのでとだけ言い、案内された仏間で線香に火を灯した。

四十五歳で交通事故で亡くなったというのだから、遺影の写真もおどろくほど若い。わたしなどおよびもつかない洗練された美しさがあり、あっさり兜《かぶと》を脱ぐことにする。アキラ君の話では、秀子さんは財閥系の資産家のお嬢さんで、東京女子大を卒業している。生きておられたら、歯牙にもかけてもらえそうもないが、そこはこれさいわいということにして、彼との末永いつきあいを見守ってくださいとお願いする。当初の目的を果たしてホッとしていると、チャイムが鳴ってアキラ君の両親が到着した。

「あら、兄さんはお客様にお茶を出せるようになったのね。でも、インスタントコーヒーじゃダメよ」

あわてて迎えに出たわたしに笑顔をむけながら、自分の兄にもウキウキした声で突っこみを入れ、悦子さんはキッチンにお湯を沸かしに行く。美しいけれどツンとした取っつきにくさが見られる秀子さんとちがい、悦子さんは表情にも態度にもひとの良さがにじみ出ていて、少し猫背なところも好感がもてる。つづいて入室してきた上杉三郎弁護士は、このマンションが苦手なのか、それとも持病のうつが出かけているのか、挙動不審だった。手にさげた洋菓子の包みをどこに置いたらいいかわからないようで、並んで立った義理の兄と新たに甥の妻となるわたしに目で助けを求めてくるが、わたしたちもそれぞれ緊張しているのだから指示など出せるはずがない。もどってきた悦子さんがその様子を見てケラケラと笑う。

「なんて役立たずなんでしょう。ほら、ケーキはこっちにくださいな。有里さん、そこの食器棚からティーカップとケーキ皿を出してちょうだい。わたしがテーブルのうえをかたづけちゃうから」

手を貸そうとしていたところをじょうずにつかってもらい、わたしの気持ちがほぐれてゆく。マホガニーの食器棚のまえでひと呼吸し、ガラスのはまった戸のなかをのぞくと、わが家でつかっているのとは一桁値段のちがうウェッジウッドや金彩の施されたアンティークのティーセットが並んでいて、手がふるえてしまった。

「大丈夫よ。放っておいてもあと三、四年で兄が全部割っちゃうわ。お気に召したのをどうぞ」

そう言われて、わたしは思い切ってグリーンの地に金彩で唐草模様が描かれたティーカップを選んだ。手に持ってまぢかで眺めると、ぐいっと盛りあがった金彩と深みのある緑色がせめぎ合い、おどろくほど迫力がある。五客あるうちの四客をひとつずつ静かに運んでゆくうちに、後藤一郎氏が唇を噛み締めているのに気づいた。

「秀子さんのお気に入りだったのよ。良かったわね、これを選んでくれるひとが善男と一緒になってくれて」

悦子さんの率直な賛辞はうれしかったけれど、そのことばのかげにいる女性のことが頭をよぎり、わたしはきくなら今しかないと決心した。

「あの、恵子さんたちはお元気なんでしょうか」

悦子さんはティーポットにお湯を注ぎ、おおいをかけてから、わたしに笑顔をむけてくれる。

「恵子さんは、とてもがんばり屋さんだわ。花ちゃんも良く育ってる。だから、あなたは彼女たちのことを心配したりしちゃだめよ。そのうち会う機会がきたときに会えばいいんだから」

わたしは黙ってうなずき、ただしそのまま顔があげられない。

「お祝いの席がこれじゃあ困るわね。有里さんはお酒は平気なんでしょ。紅茶にブランデーを入れて陽気にいきましょうよ」

そう言って立ちあがると、ブランデーのはいったクリスタルの瓶を棚から取り出した悦子さんは、所在無《な》げな男たちに一瞥をくれる。

「いいのよ、あなたたちは奥の座敷で一局打っていてくださいな」

もう六十歳になっているというのに悦子さんはどこまでも快活で、こんな女性がかたわらにいたら、わが才女たちの人生も変わっていたことだろう。わたしは自分の幸運を素直に肯定したくなり、ブランデーの香りのほうが強くなった紅茶を口に運ぶうちにすっかりいつもの自分を取りもどし、悦子さんと打ちとけることができたのだった。

ケーキを食べながらおしゃべりしているうちに、気がつくと午後七時になっている。四人そろってマンションを出て五分ほど歩き、住宅街にある一軒家のレストランで夕食をいただくことになった。時間を指定して予約を入れてあったようで、ほとんど待たずにコース料理が運ばれてくる。そこには駐車場がないのだが、念のために解説しておけば、これは料理にお酒はつきものなのだから自家用車で来てはいけませんというしばりを意味している。札幌は東京よりもずっと欧米に近いのだ。

「ねえ、若いひとがいるとわたしたちまで食欲が増すわね」

などと言われ、もちろん慎み深くはしていたが、わたしは内心大いに得意だった。今日の新千歳発羽田行の最終便は、トイレに立ったときに携帯電話からキャンセルを入れておく。

後藤一郎氏と別れ、三人でタクシーに乗り、北大植物園裏の洋館に着く。もうおいとましようと思ったが、悦子さんにすすめられるままにデザートワインの杯を重ねた末に、わたしは電話を借りて八方園に報告におよんだのだった。

「ここに泊まっていかれればいいのに。さっき大急ぎで部屋の掃除をしたのよ」

悦子さんはどこまでも親切かつ丁寧だが、大学生ではないのだから、こういった場合の対処をまちがえてはいけない。明日の朝一番で東京にもどるというのが恰好《かっこう》の理由になって、わたしはあらためてとつぜんの来訪をわび、再会の約束をして帰りじたくにかかる。

「それじゃあ、部屋だけでも見ていかれる？　善男が遊びにくると使ってた部屋なの。ずっとほったらかしで、アキラの電話があってからあわててバルサンを焚《た》いたんで少しにおうかもしれないけど」

木枠の二重窓にアーチ型の天井、銀色のペンキが塗られたスチーム。わずかに軋《きし》みはするものの、複雑な模様が板で組まれた床が美しい。八十年近くまえに建てられた家とはいいながら、十分使用に耐える造りに感心し、ここで一夜を明かすのも悪くはないと思う。

しかし、それはまたこんどのお楽しみということにして、呼んでいただいたタクシーに乗りこむ。大通公園に面したホテルまで歩くのは酔いざましにはおあつらえむきの気もしたが、夜十時をすぎているのだから、心配をおかけしないためにも万全を期さなくてはならない。なにごとも最初が肝心なのだ。

ホテルのフロントでチェックインをすませ、明日朝の新千歳空港行のバスを予約し、案内された部屋にはいるとすぐに携帯で弦巻に電話をする。呼び出し音が鳴るまえに母が出て、失礼はなかったかとさかんにきいてくる。斯《か》く斯《か》く然々《しかじか》とことのしだいを説明すると、ようやく安心したようで、よくホテルに泊まることにしたわねとほめてくれる。わたしも母がメールを送ったりしてこなかったことをうれしく思っていたが、口には出さない。

遠慮はしつつもずいぶん飲んだので、シャワーを浴びてもまだ酔いが残っていたが、気分はすこぶる良い。持参した目ざまし時計を枕もとに置き、五時半にセットする。七時五十分発の始発便に合うように、空港行の高速バスはホテルのまえを六時十五分に出る。羽田着が九時二十分。なんだかんだで新宿のオフィスに着くのは十時をすぎることになる。今日中に同僚にメールを送っておこうかどうか悩み、結局明日の朝にすることにする。さいわい急ぎの仕事はないのだから、午後一時からの会議にまに合えば大丈夫だろう。

さあ、これで全部すんだ。さっさと寝ようとベッドにはいり、今日一日の出来事を思い出してゆくと、あまりに順調ななりゆきに思わず頬がゆるむ。ところが、いつもならそのまま寝ついてしまうはずが、とつぜん目が冴えてわたしは上体をおこした。

善男は三十八歳のバツイチ男だが、もし彼が初婚だったら、とてもこんなにスムーズにはことが運ばないだろうと気づいたからだ。わたしはやはり、恵子さんたち母娘のことが頭から離れない。

二十三歳の善男と結婚した恵子さんにかかったプレッシャーは並大抵ではなかっただろう。善男は芝居に夢中になってちっとも講義に出ず、放校がほぼ決まったために大学を中退したというが、アキラ君から聞いたところでは、半年まえに中退していた恵子さんが劇団の旗揚げをめざして善男を引きこんだ節《ふし》が濃厚だという。恵子さんは北大での学年が善男よりひとつうえだし、一浪しているので年齢は二つうえだから、その可能性はたしかにある。

二人の結婚は後藤一郎氏から猛烈に反対されたという。その後は仕事と芝居の両立に苦しみ、無理に無理を重ねたあげく、六年後二人は離婚に至る。同じ札幌の地で、教養も財産もある親戚たちをむこうにまわしながらの奮闘は、どんなにたいへんだっただろう。自分の好きで決めた人生なのだし、同情などすべきでないこともわかっているが、それでも今日お会いした三人の方々が素直には受け容れがたいと感じるような行動をとることなどわたしには絶対にできない。嫁としてならなおさらだ。そもそも一浪してまで入った北大医学部をやめるというだけで、恵子さんの生き方はわたしの理解を完全に超えている。若さゆえのアドヴァンテージを考え合わせたとしても、そのエネルギーにはあらためて感心せざるをえない。

泥棒猫

鳶《とんび》に油揚げ

ぬれ手で粟《あわ》

掠奪愛《りやくだつあい》を敢行したわけではなく、それに善男と恵子さんが離婚してからはすでに十年の月日が経過しているが、あらためて若い二人の奮闘を身近に感じてみると、ヌルいままにすごしてきた自分の姿が猫や鳶にダブってしまう。わたしだって一生をさしだしたのだと叫びたい。しかしながら、その選択は、もはや人生を根本から狂わせてしまう可能性を孕《はら》んでいるものではない。そして、恵子さんとの激動のときをへたからこそ、善男は今の善男になったのだ。恵子さんだって、その思いがあるからこそ、離婚後も後藤の姓を名乗りつづけているのだろう。

だからといって恵子さんに善男を返そうと考えるほど、わたしはお人好しでも偽善者でもない。ただ、せめて彼女に会って、あいさつだけでも交わしたい。興奮して弦巻の家を飛び出したときには欠片《かけら》もなかった感情が生まれ、わたしは気持ちが高ぶってなかなか寝つけなかった。

アキラ君の話では、恵子さんは仕事をしながら、今でも芝居に関わっているのだという。福井で漁業をされていたご両親が娘と孫の生活を心配するあまり、札幌に移り住んで花ちゃんの面倒を見ている。そうまでして打ちこんでいる芝居とはどんなものなのだろうか。

一時は毎週金・土・日と三日つづきでハシゴをするほどみていたので、芝居ならわたしにも少しはわかる。はっきりいって、ピンからキリではキリのほうが断然多い。学生芝居の延長でいつまでも自己満足から抜け出せずにいるものや、商売としてきっちりしあがっている代わりにつぎを期待させないものがほとんどで、すごいなあと感心させられる舞台はめったにない。評判も当てにならない。それでも学生のうちはけっこう楽しんでみていられたのに、働きだしてからはみるにたえないと思うものが増えた。それがわたしのせいなのか、はたまた芝居をつくる側の問題なのかはわからない。役者・後藤善男が残した強烈な印象とはべつに、いつのまにかわたしの足は劇場から遠退き、海外旅行にうつつを抜かすようになった。恵子さんはどんな役者なのだろうか。目をおおいたくなるようだったら悲しいし、本物だったらわたしの立場がない。

そんなことを考えていたらますます眠れず、時間ばかりがすぎてゆく。バツありのひとと結婚したひとたちは、相手の以前の配偶者のことをどう考えているのだろうか。一度誰かにきいてみたい。

さんざん悩みまくった末に、ようやく気持ちに切り替えがついたときには、夜中の一時をすぎていた。

お盆のときに恵子さんと花ちゃんに会うとして、それまでの約二カ月半のあいだ八方園で暮らすことで、なにかわたしに根本的な変化が訪れるはずだという楽天的な確信が生まれたのだ。いきなり別人のごとき貫禄が身につくわけがないのはわかっているが、その兆候の手まえくらいはどうにかなるだろう。せめて、ちょっとした手がかりくらいはつかめるかもしれない。なんだか頼りないが、明日からわたしは毎日生身の後藤善男と一緒にいられるのだ。それでなにかがおこらないはずがないではないか！

大いなる確信とともに睡魔が押し寄せ、わたしは眠りのなかに落ちていった。

しかし、もちろん、そんなに都合よくことが運ぶはずがなかった。八方園での暮らしは、わたしの個人的な成長などというみみっちい願いを超えて、ただただ楽しいのだ。

夏至をすぎ、六月も残り少なくなった今、わたしはすっかりここの生活になじんでいる。アキラ君はお婆さんたちと一緒に食事をするのがいやだったらしいが、わたしはまるで平気だ。レーウィとラットナーとの関係もうまくいっている。平日はほとんど彼女たちの相手ができないのだが、土日はずっと一緒で、昼間は日本語と算数の勉強をして、夕方になるとわたしが二人をつれて近くの銭湯に行く。お婆さんたちがついてくるときもある。

上落合という場所は、大型店舗も百円ショップもないのだが、その代わりにお豆腐屋さんがやたらに多い。角を曲がるたびにあるのではないかというほどある。たぶん住人百人に一軒くらいの割合で、近所の食卓にのぼるぶんだけをこしらえているのだろう。そこだけは、まるで京都のようだ。ただし区画がまるで整理されていないので、曲がりくねった小道に沿ってびっちりと家々が並び、全体図が描けない。そのため、お豆腐屋さんの両隣の店を見て、それでようやく、ああ、ここはあそこではないんだと気づくことになる。つまりわたしはしょっちゅう道に迷っている。

レーウィとラットナーは迷わない。彼女たちだってそう長く住んでいるわけではないのに、二人でキャーキャー言いながらあっちこっちと寄り道をくり返し、湯冷めをするからいいかげんにもどるわよと怒ろうとすると、もうそこが八方園だったりして、わたしはおどろいてしまう。

ともかく、わたしは二人につれられて銭湯に行く。気兼ねなく長湯ができるからだ。善男は、休みの日には二人と一緒に一番で風呂に入っちまえと言ってくれるのだが、うしろに六人のお婆さんたちが待っていると思うと気がひける。それにアキラ君からも銭湯のことは聞いていたので、前日にもよおされた結婚祝賀会へのお礼の気持ちもふくめて、最初の日曜日にレーウィとラットナーをさそったのだ。わたしはこれまで銭湯に行ったことがなく、たぶん八方園で暮らさなければ一生行かなかったと思う。

銭湯はよろしい。今のところ週末に二回ずつ、計八回行っただけだが、これから何百回でも行けると思うとうれしくてならない。親戚に子どもがいなかったせいで、小学生の裸を見たのは本当に久しぶりだった。すっと引き締まった筋肉にうっすらと脂肪がつきかけた彼女たちのからだは実に美しい。わずか三カ月足らずのあいだに皮膚のキズや汚れもほぼ消えて、髪にも栄養が行きわたったのだろう、近ごろの日本人にはほとんど見かけない漆黒のストレートヘアはまぶしいほどだ。盛りあがりはじめたばかりの乳房もかわいらしい。お尻も、毎週かたちが変わってゆく。しかも、それがひとりではなく、年子の姉妹なのだ。

彼女たちに見られていると思うと、わたしは自分のからだにも誇らしさを感じる。とりたててセクシーだと主張するつもりはなく、正直なところいささか衰えはじめてもいるのだが、さあごらん、これがまもなく受胎しようとしている女性のからだよ、と言いたくなる。

タイルの張られた広い床のうえをカルキ臭いお湯が流れ、高い窓から降り注ぐ夕方の光を浴びて、さまざまな人生をへてきた女性たちが裸で行き交う。これ以上に見ごたえがある光景はそうざらにはないはずだ。視力が良くて本当によかった。

成長期のあいだ、それなりに自分の肉体の変化が気になりはしたが、部屋の姿見のまえで裸になるのはいかにもわざとらしくて好きでなかったし、お風呂場の鏡というのもいやだった。あのころ、もし友達と一緒に銭湯に行っていたら、どんなに愉快だっただろう。

銭湯から帰る途中で、屋台のおでん屋さんに寄るときもある。ちゃっかりもののお婆さんたちは早くもわたしの財布を当てにしていて、銭湯代を払わせたうえに、ギョウザ巻きやシュウマイ巻きといったやや高めのものを肴《さかな》にコップ酒を飲もうとする。善男からは、一度オゴると何度となくタカられるから甘やかすんじゃねえと言われているのだが、こういった場所での立居振舞を勉強させていただくのだからと自分を納得させて、一杯だけと約束のうえで屋台の支払いもわたしが引き受ける。といっても、総勢五、六人で三千円くらいだ。レーウィとラットナーが好きなのはこんにゃくと大根と薩摩揚げ。わたしも彼女たちと同じくシンプルなタネのほうが好きだ。やぶ蚊をたたきながら、タバコとお酒に交互に口をつけるお婆さんたちといると、たしかにここにもまた、スペインの片田舎と同じく、そこにしかないが、地球上のどこででも営まれているはずの暮らしがある。

そんな気楽なかまえでいるせいか、多人数で生活していてもあまりストレスは感じない。才女や負け犬たちと一緒の暮らしでは、とてもこうはいかないだろう。年齢や立場が似かよっていれば、どうしてもおたがいの微細な有利不利に目がいってしまうものだし、血縁や経済的な利害が絡んだ関係がいかに見苦しくもつれてしまうかは、治子おばあちゃんが身をもって教えてくれた。なにより善男が八年の歳月をかけて練りあげてきたお婆さんたちとの関係は、わたしごときが加わったくらいではびくともしない懐の深さがある。

善男と一緒の八畳一間はたしかに狭いのだけれど、ひとりになりたいときにはアキラ君の使っていた二階の個室に逃げこんでひと息つけるのでどうにかなっているし、先週の日曜日には結婚後初めて弦巻の実家にもどって母とおしゃべりをしながらお昼を食べ、自分の部屋のベッドでひと眠りしたらとてもすっきりした。

善男との関係にも問題はない。実は秘かに、結婚したら急にエバりだすんじゃないかと思っていたのだが、杞憂だった。二人きりでいられる時間も空間もほとんどないので、影響力を行使し合う余地がないのだ。結婚まえはその点を物足りなく感じるのではないかと思っていたのだが、いざ暮らしてみればそんなことはなかった。

苦痛と言えば、事務所のある新宿新都心の高層ビル街に出かけるのがいやだと思うことが増えてきた。スーツ姿の男たちに、腹立たしさよりは情けなさを感じて目を伏せている自分に気づき、高田馬場あたりで小規模小売店舗相手の会計事務所でも開こうかと考えるときもある。その一方で、気持ちのムラは明らかに減った。善男もそうで、まえよりもイライラしなくなった。これ以上の成果を結婚に求めるのはまちがいだと思うのだが、どうだろう。

わたしの帰宅は早ければ夕方六時、遅くて十一時。六時に帰っても食事のしたくはすんでいるので、急いでお化粧だけ落として、スーツ姿のままお相伴に与《あずか》ることもある。そんなときはあとかたづけを引き受けて帳尻を合わせれば、誰も文句は言わない。たまにアキラ君もまじることがある。ラットナーに引っかかれた頬のキズは目立たなくなったし、食後にお婆さんたちの診察をする姿も堂に入ってきた。

レーウィとラットナーは夜八時に寝てしまう。お婆さんたちも同じころにそれぞれの自室に引きあげてゆくので、九時すぎには一階にいるのはわたしたちだけになる。善男にはまだ事務処理が残っていて、机でパソコンにむかっているのだが、二人きりになるとやっぱりホッとする。このところ八方園の実践は各方面から評価されはじめていて、彼のもとには似たような条件を抱えたグループホームの関係者から運営についての問い合わせがあり、無下《むげ》に断るわけにもいかず、以前に比べて忙しさが増しているのだ。

夜は夫婦で一緒に寝ている。セックスはあまりしない。耳学問で、新婚夫婦は連日腰が立たなくなるまでなどと思っていたのだが、三十八歳と三十二歳の共働き夫婦ではそんなわけにもいかない。それでもばたりと眠ってしまうわけではなく、布団に寝ころんで肘枕をし、その日一日の出来事を話したりする。あまりややこしいことではなく、レーウィとラットナーの様子や、お婆さんたちのことをわたしがきくと、彼が答えてくれる。途中で立ちあがってとなりの事務所に行くのは、タバコを吸うためだ。

「嫌煙権を認めたからじゃなくて、寝タバコ禁止のほうだからな」

というのが彼の主張で、この期におよんでタバコの健康被害を認めていないのが、なんとも善男らしい。受胎にむけての性交はがんばってくれているので、わたしも大目に見ることにしている。

そういえば、籍は入れた。父親の仕事柄、現行の戸籍制度の問題点には詳しいのだが、夫婦別姓というのも中途半端なので、八方園での結婚祝賀会がもよおされた土曜日の午前中に、二人で区役所に行って婚姻届を出した。姓は後藤に統一。オレはどっちでもいいぜ、と言われたのだけれど、恥ずかしながら日和ってしまった。ただし職場での呼び名はもちろん、公認会計士としての登録名も河原有里のままなので、あまり変化は感じていない。それにしても戸籍謄本ではしっかり戸主の付属物あつかいなのだから、なんともいいかげんな制度で、これでいいのかとこちらが心配になってしまう。

仕事はあいかわらず忙しい。以前はあれこれ文句を言いつつも自分の能力が発揮できてうれしいなどと思っていたのだが、ここにきて能力を目一杯発揮するということ自体がバカバカしくなってきた。この不況下になにを呑気《のんき》なことをと言われそうだが、本当なのだからしかたがない。ちょぼちょぼと働きながら子育てをし、お婆さんたちやレーウィとラットナー、それに善男と一緒の時間をゆっくりすごせないものだろうか。そうなれるなら、二十年くらいは海外旅行に行かなくていいし、映画や芝居もパスする。そうだ、自分の生活こそが最大の創作なのだ。

といっても簡単には実行に移せそうにないので、気分をまぎらわせるために週末には寝床でワインを飲むことにしている。数字だらけになった頭には赤ワインが一番だ。適度に酔いがまわったところでとなりの布団に侵入し、ちょこちょことさわったりさわられたりしているうちに眠ってしまい、気がつくと朝がきている。なんだかあられもなく幸せで、ある晩酔いにまかせて、こんなに幸せでいいのかなあとバカなことを口にしたら、善男に頭をたたかれた。

「おまえなあ、世界中がここまでヒデぇことになってんのに、いつまでもこんなに都合よくいくわけねえだろ」

思わぬ展開に思考がついていけず、「へー」といいかげんな相槌を打ったのに、まだつづきがあっておどろいた。

「抵抗ってのは、日々の暮らしのエントロピーの高さが勝負なんだ。なにもなけりゃあそれでいいけど、いざってときに、流れにのみこまれないだけのものは身につけていないとな」

そこで本棚に目をやると、〈ブレヒト〉の文字が飛びこんでくる。こんな本も読んでいるのかと思いはしても、酔った頭では脈絡が追いきれない。善男のほうでもそれ以上は語らず、タバコを吸いに事務所に行ってしまう。

わたしは肘枕をやめてあおむけになる。よくわからないまま、へー、そんなことを考えていやがるのかと口には出さず鼻で笑い、都合がいいのはどっちだいと、これまた口に出さずに啖呵を切る。

どうせよけいな本を読んで、妙ちきりんな理屈に引っかかったのだろう。八方園でのお婆さんたちとの八年間を、さらにはレーウィとラットナーの存在を、そんな安い理屈で括《くく》ろうなんて、本気で考えてるんじゃないだろうな。もし、そういうことが抜きがたく頭を離れないなら、また芝居をやればいいではないか。ここはわたしが引き受けてやろう。うん、それがいい。なんだかできすぎていて気に入らなかったんだ。善男君、あんたはここを出て、また劇団をつくって芝居をやりなさい。代わりに札幌から恵子さんに来てもらいます。もちろん花ちゃんも一緒に。おお、われながらなんと素晴らしいアイディア。女の二人組ってのは最高だね。ん？　二人だけじゃなくて、ここにいるのは全員女か。ははは、そのとおり。子どもから年寄りまで、全員女だった。となると何人組になるんだろう。十一人かな？　うーん、どうしよう。それでいいのかなあ。女だらけっていうのもなあ。やっぱり善男にもどってきてもらおうかなあ……。

そこでなにか刺激を受けてわたしは目をさました。どうやらいつのまにか目をつむり、なかば夢見心地で勝手な想像に身をまかせていたらしい。よほど深くはいりこんでいたようで、口から涎《よだれ》が垂れている。

まさか、夢の内容を口走ったりしてないよなあ……。おずおずと枕もとに立つ善男の顔を見あげる。むこうはむこうで心配そうにわたしを見つめている。もちろんこんなチャンスを逃す手はないのだから、わたしは彼の首をかき寄せて口づけをし、おおいかぶさるからだの重みに恍惚《こうこつ》となる。

善男さん、わたしはあなたが大好きだわ。あなたが暮らしてきたこの場所も大好き。不思議な家ね、六人のお婆さんと二人の女の子、それにあなたとわたし。ここで育ってゆくわたしたちの子どもはどんなひとになるでしょう。本当にたのしみだわ。だから早く生みたいなあ、子どもを。

エピローグ

　ぼくが谷中《やなか》のアパートでひとり暮らしをはじめて、もうすぐ二カ月になる。五月の下旬では空き室を探すのはたいへんだったが、学科の先輩の口ききで、上野公園からほど近い芸大キャンパスの裏手にあるアパートに運良く入れてもらえたのだ。

　善男さんの妻になった有里さんに押し出される格好で八方園から引っ越してきたわけだが、婆さんたちから解放されたとよろこんでいたのは最初の三日だけだった。戦災にあっていないために、古い東京の雰囲気が色濃く残る地域がいくら魅力的だといっても、そこで暮らすひとたちになじみがあるわけではない。気長にかまえようと思ってみても、一週間もすると誰もいない部屋に帰るのがさびしくて、用もないのに研究室に長居をするようになった。どうやら八方園にいた二年間で、ぼくはすっかり共同生活が身についてしまったようなのだ。

初めは下宿人兼ボランティアとして八方園に住みこんでいたはずなのに、一年生の後期からは実験とレポートの作成で忙しく、ほとんど善男さんの助けになれなくて、婆さんたちと一緒にいられる時間も多くはなかった。そのせいで、引っ越してもたいした変化はないどころか、せいせいするだけだと思っていたのがまちがいだった。ひとり暮らしほどツマラないものはない。おかげで近ごろは、誰と話していても、このひととなら一緒に暮らせるかどうかという一点で相手を評価してしまう。

誤解のないように断っておけば、ぼくは結婚相手の品定めをしているわけではなく、男女を問わずあくまで同居者として適当な相手を探しているのだ。しかし、すぐにそれは無駄なことだとわかった。八方園をみればわかるとおり、共同生活が成立するためにはなんらかの強制力が必要だからだ。ところが、ぼくをかり立てているものは共同生活への憧れだけであって、経済的に困窮しているわけでもなければ、性欲と一体化した愛情に衝き動かされているのでもない。かといって、アメリカの学生のようなルームメイトがほしいのでもない。うまく言えないのだが、ぼくはおたがい気の合ったものどうしで暮らしたいわけではないのだ。そうではなく、やむをえず空間を共有することになってしまった複数の相手とどうにかこうにか折り合いをつけることで、かろうじて成り立ってゆくような関係を望んでいるのである。

今になってようやく思い当たるのだが、ぼくだってオヤジから無理やり送りこまれなければ八方園で暮らすことなどなかったし、解放されてみて初めて、そこがどんなにありがたい場所だったかがわかったのだ。ラットナーにつけられた頬の傷跡が目立たなくなったことが、かえって悲しくすらある。婆さんがもうひとり死んでくれれば八方園にもどれるのに、などと不謹慎なことさえ考えるようになっていた。なにやら前置きが長くなってしまったが、ぼくがその手紙を受け取ったときの精神状態はおおよそ理解してもらえたのではないだろうか。

そんなある日、といっても一昨日のことなのだが、丸三日がかりの実験のあいまに仮眠をとろうとアパートにもどると、めずらしく郵便受けに手紙がはいっていた。シンプルな茶封筒にふつうの八十円切手が貼られ、黒いインクで縦書きにここの住所とぼくの名前が書かれている。見おぼえのない文字にもかかわらず、ぼくの全身が予感にふるえ、裏を返すまでもなく、それが花ちゃんからなのだとわかってしまった。封を切ると、なかにはごくふつうの便箋が一枚、四つに折りたたまれてはいっていた。

――とつぜんお便りしてしまい、おどろかれたことと思います。実は、夏休みにはいったら東京に行って、おとうさんに会いたいと思っています。悦子おばさんにきいたところ、八方園までの道はたいへんわかりづらいとのことなので、もうしわけありませんが、以下に記す便の到着時刻に合わせて羽田空港まで迎えにきていただけないでしょうか。わたしがそちらに行くことは、おとうさんには教えないでいてください。それでは、よろしくお願いします。

いかにも善男さんと恵子さんの娘らしく、訪問の目的も滞在日数も書かれていないぶっきらぼうな文面を何度も読み返した末に、ぼくはとりあえず札幌の実家に電話をしてみることにした。オフクロが出て、花ちゃんからこういう手紙が届いたと伝えると、やっぱりねと、あっさりした返事がかえってきた。お盆のときに、結婚の報告がてら、善男さんと有里さんが札幌に行くことになっている。そこで久々に父娘が対面する予定なのだが、それならばと花ちゃんは先手を打って、自分のほうから会いにくることにしたらしい。

「そんなに長くいるつもりはないんじゃないかしら。でも、少なくとも十年は善男と会ってないんだから、どうなるかはわからないわよねえ」

心配しているようにみえて、内心ではちっとも気にしていないオフクロ独特の調子でそう言うと、「それじゃあ、お迎えをよろしくね」と言うなり電話は切れた。

ぼくが花ちゃんと最後に会ったのは去年の夏だから、ちょうど一年ぶりということになる。子どものころから大きかったが、そのまますくすくと成長して、小学六年生だというのに百七十センチのぼくに迫る勢いだった。もしかしたらもう抜かれているのかもしれないと気が気でなく、そんなこともふくめて恵子さんにも事情をきいてみたかったが、なんだかそれでは花ちゃんを信用していないようなのでやめることにした。娘には、父親に会う権利はあるのだし、善男さんだって追い返すことなどないだろう。二人が会ってどうなるか、それはぼくごときが心配してもしかたがない。


そして今日、ぼくはこうして羽田空港の到着ロビーで花ちゃんを乗せた飛行機が着くのを待っているのだ。二年まえの春に上京し、八方園で善男さんたちと一緒に暮らすようになってから、ことあるごとに花ちゃんと恵子さんをこっちに呼び寄せればいいのにと考えてきたが、いざ実現してみると緊張で胃が痛くなる。

実の娘である自分を措いて、血の繋《つな》がりのない六人の婆さんと二人の女の子の面倒を見ている善男さんの暮らしぶりを目の当たりにして、花ちゃんはいったいどう思うのだろうか。もし花ちゃんから批判のことばを受けたら、善男さんはなんと答えるのだろうか。

恵子さんと一緒ならまだわかりはいいのだが、中学一年生の花ちゃんひとりでは、いったいどんなことになるのか見当もつかない。血縁、血縁、血縁と、ぼくは頭のなかでくり返し唱えていた。口先で否定してみせるのは簡単だが、これ以上にややこしく、しまつに負えない関係はないのだ。

そうこうしているうちにアナウンスが聞こえて、新千歳発の便の到着が報された。もう五分もすれば、花ちゃんが東京の土を踏む。

解説――家族のかたちは変わるのだ

斎藤美奈子

突然だけど「標準世帯」という言葉を聞いたことがないかしら。

家族の「標準」をだれかに決めてもらう必要なんかねえよ、とは思うけれども、戦後の特に一九六〇年代以降、日本では「夫婦と子ども二人」、もっといえば「職業人の夫と専業主婦の妻と二人の子どもの四人家族」を「標準世帯」と考え、税制、年金、保険などの指標として利用してきた。実際、八〇年代ごろまでは、こうした「標準世帯」が全世帯の半分近くを占めていたし、教科書なんかで描かれる「家族」も私たちが「家族」と聞いて思い浮かべるイメージも、だいたいそれだった。なんたって住居や家電や自家用車なんかも「標準世帯」を基準に設計されてきたのだから、あな、おそろしや、家族のかたちは社会や街のかたちも決定するのだ。

けれども、家族のかたちは、私たちが思っている以上に、急激なスピードで変化する。九〇年代に入ったころから「標準世帯」はめきめき減少。かわって急増したのが、ひとり暮らしを意味する「単身世帯」だ。一九八〇年前後の段階では「夫婦と子世帯」は約四〇％、「単身世帯」は約二〇％だったのが、二〇一五年現在では、「単身世帯」が三〇％を超え、二〇％台の「夫婦と子世帯」を上回っている。今後の日本は「単身世帯」がまさしく「標準」になるだろうという予測もある。

なぜこんな話をしたかというと、そう、この本のタイトルが『あたらしい家族』だからだ。全編を読み終えたあなたなら、きっとわかってくれるだろう。ここで描かれた「八方園」の物語は、たしかに「あたらしい家族」のお話だと。

語り手の「ぼく」こと上杉暸は、医学部をめざして浪人中。札幌から東京に出てきて、いとこの後藤善男が責任者を務める「八方園」の一室に下宿している。高齢者女性ばかり七人が暮らす八方園はれっきとしたNPO法人だけれども、介護施設ではなく、認知症高齢者を受け入れるいわゆるグループホームともちがっている。

そりゃそうだ。ふつうの介護施設だったら、善男みたいに「婆ぁどもめ」なんて口にした日にゃ、行政指導が入って大目玉を食らうに決まっている。だけど、八方園のお婆さんたちはどこ吹く風だ。ここでは何もかも規格外なのだ。

だいたい、威容を誇る風貌といい、口の悪さといい、破天荒な生き方といい、後藤善男という人物自体、規格外だしね。大学を中退して演劇活動にいそしみ、二十三歳で結婚して劇団を立ち上げたまではよかったが、その後、離婚。上京して一時は俳優として活動するも結局芽が出ず、なんだかんだで八方園の責任者となった。

安定した疑似家族のようにも思える八方園。が、どんな家族も永遠に同じスタイルではいられないように、八方園も日々変化する。

札幌から上京したアキラが下宿人として入ってきたこと自体、八方園の住人には大きな変化、刺激だったはずである。老女たちの姿にアキラはアキラでショックだっただろうけれど、とびきり若い男と同じ屋根の下で暮らすことになったのだ。彼女らだって相当意識したと思うよ（「子どものしあわせ」）。

そして、和代さんの死。高齢者ばかりのホームである。だれかが先に（あるいは順番に）逝くことはいわば織り込みずみだったはずである。とはいえ、いざひとりが死を迎えたとなれば……。世俗的な、または宗教的な儀式を一切拒否し、遺体とともに秩父に弔いの旅に出かける一行。弔い方は例によって規格外だけれども、彼女の死を受け入れるには、自分たちも旅支度をし、棺とともにバスに乗り、棺の脇でドンチャンさわぎをする、このような儀式がぜひとも必要だったのだ（「弔いのあと」）。

さらにはここに、善男の独断によってインドネシア人の母と日本人の父の間に生まれたレーウィとラットナーという姉妹が加わり、ラスト近くでは経理を手伝っていた河原有里と善男が結婚に向けて動き出すのである（「お嫁さんがやってくる」）。二人のために部屋を明けわたして八方園を出るアキラ。善男と有里の間に子どもが生まれれば、八方園はまた変化するにちがいない。

増えたり減ったりの流転をくりかえしながら、祖父母、父母、子ども、孫……といくつもの世代が一時的にせよ共生する関係。家族って、じつはそういうものかもしれないんですよね。「標準」とか「単身」とか決めつけるんじゃなく。

佐川光晴には『おれのおばさん』（二〇一〇年）にはじまって、『おれたちの青空』（二〇一一年）、『おれたちの約束』（二〇一三年）、『おれたちの故郷』（二〇一四年）と続く、たいへん魅力的なシリーズがある。

こちらの核になる人物は、後藤善男の別れた妻である「恵子おばさん」こと、離婚後も後藤姓を名乗る後藤恵子。彼女は札幌の児童養護施設「魴鮄舎《ほうぼうしゃ》」の責任者で、「おれのおばさん」シリーズは、ここで育った中学生たち（もろもろの事情で親と暮らせなくなった子どもたちである）の成長を描いている。この恵子おばさんってのが、さすが善男の元妻だけあり、善男に負けず劣らず破天荒な大人物なのだ。

老いて死にゆく高齢者たちと、育って巣立つ子どもたち。互いの間に関係はないものの、善男が運営する「八方園」と恵子が運営する「魴鮄舎」は一対の施設といってもいいだろう。『あたらしい家族』はその前史。この一冊があったからこそ、後の「おれのおばさん」シリーズが生まれたといってもいいかもしれない。

八方園で暮らす仲間は、善男も含め、みんな「わけあり」だ（詳しく書かれてはいないけれど、要介護でもないのにこんな老後を送っている以上、七人の老女も「標準世帯」の枠からはみ出た口かと想像される）。「わけあり」じゃないのはともに父が弁護士という、恵まれた家庭で育った上杉瞭と河原有里だけ。

この二人が語り手に起用されているのはダテではない。『あたらしい家族』は、「標準世帯」の標準しか知らなかった若い二人が、善男という強い個性の人物を介して世の中の多様な人々の生にふれ、成長していく物語ともいえるからだ。

八方園で二年間をすごしたアキラは、最後に考える。

〈うまく言えないのだが、ぼくはおたがい気の合ったものどうしで暮らしたいわけではないのだ。そうではなく、やむをえず空間を共有することになってしまった複数の相手とどうにかこうにか折り合いをつけることで、かろうじて成り立ってゆくような関係を

望んでいるのである〉

そうなんだよね。それが「あたらしい家族」の定義かも。家族は自分で選んでいるようで、じつは自分では選べない関係なのだ。唯一選べるのは結婚相手だけだけど、それだって善男と恵子のように破綻しないとは限らないわけで。八方園は一種の理想で、現実はそう甘くは？　そうかもしれない。けれども「標準」でも「単身」でもない第三の可能性がどこかに開かれていることを『あたらしい家族』は夢想させる。一見アバンギャルドな彼らの共生の仕方から、さて、あなたは何を感じただろう。

（さいとう・みなこ　文芸評論家）

初出誌「文學界」
「子どものしあわせ」二〇〇二年四月号
「弔いのあと」二〇〇四年五月号
「受胎のめぐみ（「お嫁さんがやってくる」に改題）」二〇〇四年九月号
「プロローグ」「婆さんたちの閑話」「エピローグ」は単行本書き下ろし
本書は、二〇〇五年二月、文藝春秋より刊行された『家族芝居』を文庫化にあたり、『あたらしい家族』と改題したものです。

集英社文庫

あたらしい家族《かぞく》

2015年11月25日　第1刷　定価はカバーに表示してあります。

著　者　佐川光晴《さがわみつはる》
発行者　村田登志江
発行所　株式会社 集英社
東京都千代田区一ツ橋2-5-10　〒101-8050
電話【編集部】03-3230-6095
【読者係】03-3230-6080
【販売部】03-3230-6393(書店専用)

印　刷　大日本印刷株式会社
製　本　大日本印刷株式会社

フォーマットデザイン　アリヤマデザインストア　マークデザイン　居山浩二

ISBN978-4-08-745385-0 C0193